Muerte en el Agua

Abandonen el Barco

Por

RWK Clark

Publicado en los Estados Unidos por Clarkltd.
Po Box 45313 Rio Rancho, NM 87174
info@clarkltd.com

Primera Edición

Oficina de derechos de autor de Estados Unidos
TX8-298-991 julio de 2016
Número de control de la Biblioteca del Congreso:
2017907158
Números de libros internacionales estándar
ISBN 13: 978-1948312509
ISBN 10: 1948312506
ASIN: B0785Y3FGJ

/180104

DEDICATORIAS

Dedico esta novela a mis maravillosos lectores y a todas las increíbles personas que he conocido y las que no conozco. A mi familia y seres queridos, todo su apoyo no será olvidado.

Gracias

PRÓLOGO

Decker, el perro, descendió por la calle polvorienta. Le dolía la cabeza, le gruñía el vientre y se tapaba la boca con la lengua como si hubiera comido mantequilla de cacahuete. Últimamente, Decker había tenido la suere de encontrar comida fresca en el callejón cerca del gran edificio de ladrillo en la ciudad, y aunque la carne no era bistec, satisfacía su gusto por la sangre y el apetito voraz que amenazaba con consumirlo. No importaba cuánto comía, siempre tenía hambre. Nunca tenía suficiente; nunca estaba satisfecho.

Ahora se estaba acercando al callejón, y a la comida que seguramente encontraría allí: roedores melosos que los hombres con batas blancas sacaban por la puerta lateral y tiraban a la basura todos los días. Arrojaban la bolsa llena, y aunque consistía en ratas muertas, el perro no iba a quejarse. Tuvo suerte de conseguir algo para comer. "A caballo regalado lo le mires el dentado", era su lema.

Cuando se acercaba a la entrada del callejón, que estaba bloqueado en el otro extremo, alzó la vista hacia el cielo oscurecido; la lluvia amenazaba con caer. No parecía haber dudas, el cielo estaba gris oscuro y muy nublado. Seguramente podría beber algo para completar su comida. Todo lo que podía hacer era esperar. Estaba muy sediento.

Decker giró a la derecha en el callejón justo a tiempo para ver a uno de los hombres en batas blancas tirar una bolsa de plástico anudada en la papelera. Falló en el tiro, pero eso no le impidió darse la vuelta y volver a entrar, la puerta se cerró de golpe detrás de él. El humano ni siquiera podía asegurarse de que la basura llegara al cubo, pero esta era una buena noticia para Decker. Hizo su aventura mucho, mucho más fácil. Un gemido ansioso escapó de su garganta.

Él aceleró el paso una vez que la puerta se cerró, y pronto estaba rasgando la bolsa con sus uñas desgarradas y dientes rotos y manchados. En poco tiempo, cuatro ratas estaban completamente expuestas, muertas, con miradas en blanco en sus caras. No había sangre, solo cadáveres de ratas muertas, y aunque Decker fue capaz de detectar un sabor 'desagradable' a ratas, no le importó y las devoró de inmediato. Todo lo que sabía era que le saciaban, y para ser honesto, tampoco tenían mal sabor.

Decker, el perro, comió ansiosamente, sin emitir ningún sonido, sino un ligero gruñido y el chasquido húmedo de su mandíbula mientras masticaba de vez en cuando. Arrancó la carne de rata que era su cena. Había estado viniendo aquí por un par de semanas, comiéndose las ratas todos los días, y aunque lo satisficieron, también comenzó a sentirse cada vez peor. Le dolía la cabeza y el vientre todo el tiempo, y Decker podía sentir el calor que irradiaba de sus ojos, el cual le producía náuseas. A veces, incluso sentía la necesidad abrumadora de morder a un humano y armar un escándalo, pero había vivido entre la gente el tiempo suficiente como para saber que eso sería su final. Controlaba sus impulsos, y escapaba a la soledad cuando los sonidos de quienes vivían a su alrededor le causaban una irritación insoportable.

Mientras Decker comía, la lluvia comenzó a caer, primero en grandes gotas que salpicaban y luego en torrentes. Le quedaba una rata, y aunque estaba empapado, estaba decidido a comer hasta saciarse, pero ahora era el momento de esconder su comida, fuera de la vista, y encontrar un buen charco para beber. Sería fácil, debido a la forma en que la lluvia caía. Tal vez finalmente, sería capaz de saciar esta terrible sed.

Decker tomó la última rata en su boca y la escondió detrás de la basura entre algunas hojas secas y palos, luego se dirigió hacia la boca del callejón. Tenía que beber algo. Tal vez un buen estómago lleno de agua aliviaría los agudos dolores que sentía allí, así como también aliviaría los golpes en su cabeza que parecían nunca desaparecer.

La lluvia era monstruosa, derramándose sobre y alrededor de él. Estaba oscuro, aunque era media tarde, y le resultaba difícil ver; las cosas que podía ver eran visibles solo en las farolas y las luces de los autos que se acercaban. Decker se tambaleó lenta y dolorosamente, miraba a su alrededor buscando un buen charco para beber.

Encontró un charco más pequeño y comenzó a lamerlo lentamente. Le dolía aún más la cabeza al inclinarse y beber, pero entrecerró los ojos negros, inyectados en sangre, contra el dolor y se alejó. De repente, un vehículo pasó a su lado, muy cerca, haciendo sonar la bocina con fuerza. Decker saltó hacia atrás y se encogió, temblando y lloriqueando de miedo. No les importó. Sabía que si uno de los vehículos alguna vez lo golpeara, probablemente ni siquiera se pararían para ver si estaba bien. Lo había visto una y otra vez.

El vehículo desapareció bajo la lluvia y la oscuridad, y fue entonces cuando Decker pudo distinguir a duras penas un gran charco en medio de la carretera. La única razón por la que era visible era debido a la lluvia que golpeaba y salpicaba hacia arriba. Se preguntó si la lluvia dañaba el charco cuando golpeaba, la forma en que lo lastimaba, incluso a través de su pelaje. Cada gota se sentía como si lo estuvieran apuñalando con un pequeño cuchillo una y otra vez.

Decker miró hacia adelante y hacia atrás, buscando vehículos antes de dirigirse al gran charco. Estaba lleno de ansiedad y de sed, pero descubrió que solo él podía ir tan rápido. Cada articulación en su cuerpo dolía terriblemente, pero la sed lo impulsaba, y finalmente, estaba en el borde del charco. Comenzó a lamer el agua, lentamente pero con seguridad, sacudiéndose y temblando violentamente mientras lo hacía.

Entonces bebió. Mientras lo hacía, su cola comenzó a agitarse de placer, golpeando el pavimento mojado sin sonido. Decker ya no oía lo que sucedía a su alrededor, tan concentrado estaba en la deliciosa bebida fría. Deseó poder tragarlo, desearía ser humano para poder ponerlo en un vaso y verterlo por su garganta, como lo hacían los ingratos de dos patas.

De repente, la luz estaba allí, a su alrededor, iluminando a Decker y al charco que servía como cuenco de agua. Levantó la cabeza para mirar, pero eso fue lo último que supo. Eran los faros de una camioneta, y golpeó a Decker con toda su fuerza por el lado del pasajero, y las llantas del mismo lado destrozaron fueron destrozando su cuerpo.

Fue lo último que vieron los ojos de Decker.

Roberto Perriera pisó con fuerza los frenos, mientras se acercaba a las instalaciones de pruebas de Belice, tratando de evitar el gran animal peludo junto al charco, pero cuando lo vio ya era demasiado tarde. Sintió que sus neumáticos golpeaban al animal, y sabía que más de un neumático pasó por encima del pobre animal. Luchó con el volante y finalmente detuvo el enorme vehículo. Roberto Perriera se sentó detrás del volante por un momento, su corazón latía con fuerza y sus manos temblaban violentamente.

"Maldita sea, alimañas", dijo Roberto, inhalando y exhalando rápidamente. Cuando se calmó un poco, abrió la puerta y saltó del caminón, ambos pies golpeando el suelo de inmediato y salpicando agua por todas partes. La lluvia era terrible, y apenas podía ver, especialmente con las luces del camión mirando en dirección opuesta. Alargó la mano hacia arriba detrás del asiento del conductor del camión y sacó una gran linterna negra, que encendió. Luego comenzó a brillar el haz de luz a través de la lluvia hacia el gran charco. Quería ver lo que había golpeado, y sacarlo de la carretera si pudiera.

Se dirigió hacia una gran masa oscura, que supuso que era el animal que golpeó. Ya no estaba cerca del borde del charco, más bien, el camión lo había arrastrado bastante lejos. Ahora estaba más cerca de la parte trasera del vehículo que del charco en sí. Sí, pensó Roberto mientras su estómago se sacudía con una mezcla de náuseas y tristeza, esto es lo que golpeé. Roberto siempre había sido un amante de los animales, y le dolía cada vez que era testigo de algo como esto. Por supuesto, esta vez había hecho el daño, y se sintió culpable.

Llegó a la pila de pelos y proyectó su luz sobre ella. La cosa estaba empapada de agua y sangre, y estaba destrozada. Huesos sobresalían aquí y allá, rotos y aplastados. La cabeza de la bestia había sido aplastada hasta el punto de que uno de sus ojos colgaba y yacía sobre el pavimento. Roberto cerró los ojos y sacudió la cabeza, luego usó la manga de su chaqueta para secarse la lluvia de la cara. El animal, que pensó que podría ser un perro, estaba ciertamente muerto.

Miró a su alrededor. No había nadie cerca. No podía soportar la idea de dejar ese desastre. No quería que el pobre animal fue pisoteado una y otra vez. Después de todo, había sido un accidente y Roberto tenía un corazón bastante generoso. Observó un callejón cercano, y sin pensarlo dos veces, le dio al cuerpo de la bestia una buena patada. Lo sacaría de la carretera pateándolo en el callejón. No era como si sintiera algo de todos modos, y si lo tomaba en sus brazos, lo llenaría de sangre por todas partes.

El cuerpo del animal se pegó al suelo al principio, pero con una segunda patada, dio un ligero sonido de desgarro y lo apartó. Roberto hizo una mueca de disgusto ante el ruido que hacía el cuerpo, junto con la sensación de sentirlo contra su pie. Ignoró su malestar de estómago, sacándolo de su mente, y continuó pateando el maldito cadáver hasta que estuvo justo dentro del callejón y fuera de la vista.

Satisfecho, Roberto fue al gran charco y lo pisoteó un poco, tratando de limpiar la sangre y el pelaje de sus zapatos. Estaba demasiado oscuro, así que regresó a su camioneta y se fue. Apartó de su mente la idea de la muerte del animal. Lo hecho, hecho está.

La lluvia continuaba cayendo en las calles, en los edificios y en el cuerpo de Decker. Su sangre se mezcló con el agua y corrió hacia la superficie del callejón. El cuerpo del perro inmóvil no hizo ningún movimiento, simplemente tomó el agua como vino. Decker estaba muerto.

De repente, su estómago comenzó a levantarse; ¡Decker había comenzado a respirar! Podía escuchar la lluvia cayendo nuevamente, y podía sentir el intenso dolor en sus huesos y articulaciones. Su cuerpo se sacudió en respuesta a la nueva fuerza de vida que lo estaba reanimando. Tenía sed. Si tan solo pudiera despegarse del concreto y regresar a ese charco...

CAPÍTULO 1

Adam Harrington encendió su nueva unidad de videojuegos, con su nuevo juego, y se recostó en su cama, con el control en la mano. Mientras se ponía los auriculares, pensó en cómo había estado esperando el lanzamiento de este juego en particular durante seis meses, y sabía que iba a ser el mejor juego de rol criminal jamás creado. Todavía no se había lanzado al público, pero su padre tenía conexiones, por lo que lo consiguió antes que nadie. Sus amigos simplemente morirían cuando se enteraran. La idea lo hizo sentir satisfecho, y Adam Harrington disfrutó de sentirse presumido.

Mientras jugaba, su cabeza se balanceaba al ritmo de la canción de heavy metal que retumbaba desde el equipo de sonido en su habitación. Estaba sonriendo, y su corazón latía con fuerza. En ese momento podría haber jurado que escuchó un grito desde el pasillo. Sus dedos se detuvieron sobre el controlador y su cabeza dejó de balancearse mientras escuchaba. Todo estaba tranquilo, y volvió a su juego. Probablemente, solo era su hermanita teniendo un ataque de algún tipo.

De repente, la puerta de su habitación se abrió de golpe. Su madre, Claire, estaba de pie en la puerta, con el rostro enrojecido y lágrimas en las mejillas mientras jadeaba hacia él, "¡Adam, vamos! Hay una enorme araña en mi ducha, ¡y quiero que se vaya!"

"Mamá", Adam respondió con disgusto, "¿No ves que estoy ocupado?".

Histérica, Claire gritó: "No me importa si te estás muriendo, Adam Harrington. ¡Ahora!". Se dio la vuelta y se fue por el pasillo, dejando la puerta abierta.

"¡Cielos!". Adam gritó. "¿Por qué no puedes hacer nada por ti misma?". Tiró el control sobre su cama y se puso de pie, pateando uno de sus zapatos fuera del camino. Su madre era tan fastidiosa. Sabía que los padres eran molestos para la mayoría de los niños de quince años, pero la suya era un completo y total fastidio. Siempre pasaba algo con esta mujer. Si no era una araña que la hacía gritar, estaba gritando porque no podía encontrar su tarjeta de crédito. Madre o no, ella era un desastre.

∞

Fue a su habitación para encontrarla en la cama, con los pies en el aire. "¿En la ducha?", preguntó, y ella asintió con la cabeza, mientras caían lágrimas de sus ojos.

"Y asegúrate de limpiarla después de que la mates", le dijo. "¡No voy a tocar esa cosa asquerosa!"

Adam volteó los ojos y entró al baño. "Por supuesto que no. Nunca me permitiría que usted tuviera que hacer algo como esto, señora". Ni su madre se salvaba de su sarcasmo, pero ella necesitaba que él se deshiciera de la araña, así que no dijo nada.

Cogió un poco de papel higiénico y abrió la puerta de cristal de la ducha. Allí, en el piso, había una araña patas largas, y ni siquiera era grande. Sacudió la cabeza con disgusto y dijo en voz baja: "No querrás ensuciar tus manos bien cuidadas, ¿verdad madre?". Agarró el pequeño arácnido en el fajo de papel y lo pellizcó hasta que lo sintió aplastado, luego tiró la araña y el fajo de papel higiénico al inodoro.

"El trabajo está hecho, señora. Puede retomar sus actividades vitales", le dijo a Claire con el mismo disgusto mientras salía de su habitación.

Ella dejó escapar un aliento masivo y levantó la nariz. "Gracias, Adam. No seas tan impertinente. Después de todo, hago todo por ti".

"Lo que sea", respondió, regresó a su habitación y a su juego.

Con esa horrible plaga desaparecida, Claire podría concentrarse. La familia iba a disfrutar de un crucero a Belice, y estaba clasificando su ropa y su equipaje. Sus hijos deberían estar haciendo lo mismo, pero no podía preocuparse por eso ahora. Tenía que preocuparse por ella misma.

Ella se puso de pie, revisando el suelo alrededor de sus pies en busca de arañas. Con un estremecimiento, cerró los ojos y sacudió la cabeza, como para sacudir la realidad de su existencia de su mente. ¡Horribles, desagradables seres! Pero, por supuesto, ella se sentía de esa manera por cualquier ser vivo que fuera más pequeño que un gato o un perro, y tampoco le gustaban esas criaturas. Su hija, por otro lado, era su completo opuesto en ese asunto. Claire nunca entendería el amor de Ariana por todas las cosas que viven.

La familia conduciría a Houston por la mañana desde su casa en Royden Oaks, y desde allí partirán a Belice. ¡Oh, cuánto ansiaba ir de compras y cenar y todo lo demás! Abrió su enorme armario y presionó el botón que hacía girar las barras de suspensión. Docenas de trajes pasaron frente a sus ojos, pero después de una rotación, presionó el botón de detener con disgusto. ¡No tenía absolutamente nada que ponerse! Supuso entonces que tendría que ir de compras. ¡Qué molestia!

∞

Claire fue a la oficina de su marido, Jason, al final del pasillo. Podía escuchar su voz en el otro lado. "No, Paul, ¡No estoy interesado en esa fusión en particular! ¡No hay nada que Intratech nos pueda ofrecer que no hayamos logrado por nosotros mismos, o que no lo hagamos en el futuro! "Claire abrió la puerta de la oficina solo un poco y asomó su cabeza hacia adentro. Jason la miró y le dio un gesto que decía: "¿Qué es lo que quieres?".

Ella entró y se sentó en la silla frente a su escritorio para esperar. "Escucha Paul. La familia y yo partimos para nuestro crucero por la mañana, y necesito poder contar contigo para librarnos de la carga de Intratech y sus malos tratos. ¿Puedo hacer eso? ¿Contar contigo, quiero decir? Dijo al teléfono. Claire podía oír el traqueteo incoherente de Paul en el otro extremo, entonces Jason dijo, "Bien. Realmente no quiero ser molestado durante mis vacaciones. ¡Demuéstrame que puedes actuar sin que yo sostenga tu maldita mano!"

Jason cerró el receptor y miró a su esposa. "¿Qué pasa, Claire?". Siempre era algo con Claire.

"Voy a ir de compras, y me preguntaba si había algo que necesitaras para el viaje", dijo.

Jason alzó las cejas. "¿Qué estás comprando?".

"Bueno, quería comprar algunos walkie-talkies para poder comunicarnos fácilmente en el barco, y ropa, por supuesto", respondió, y luego se miró las manos. "O lo que sea".

Él dejó escapar un aliento desigual y exagerado. "¿Estás bromeando?".

"No tengo nada...", comenzó ella.

"¡Lo tienes todo!", Jason gritó, su molestia más que obvia. "Solo vete, y también puedes asegurarte de que los niños tengan lo que quieren y necesitan también. Maldita sea, ustedes me van a matar". Con eso se levantó de su escritorio y fue al baño, cerró la puerta detrás de él y balbuceó sobre su miserable vida en voz baja. La conversación con Claire había terminado.

Se levantó y fue a la habitación de su hija Ariana. Ariana tenía doce años y tenía una obsesión por convertirse en veterinaria cuando creciera. Le gustaría salvar a todos los animales sin hogar, enfermos y solitarios del mundo. ¡Oh, la inocencia de la juventud! Claire deseaba tanto que a su hija le interesaran las cosas que a ella le gustaban, tales como ir de compras, pero Ariana había tomado la firme decisión de convertirse en veterinaria. Le pediría a la niña que fuera de compras con ella, pero dudaba que lo hiciera.

Claire tocó la puerta de su hija. "Ari, ¿quieres ir de compras conmigo?".

La puerta se abrió y allí estaba su Ariana. Detrás de ella había ropa en su cama y una maleta abierta; la chica estaba haciendo las maletas para el crucero. Al menos, uno de sus hijos fue de alguna manera responsable.

"¿Para qué?".

"Bueno", respondió Claire, "Lo que sea que quieras o necesites para las vacaciones".

"Todos tenemos lo que podríamos desear o necesitar", dijo Ariana.

Claire se encogió de hombros. "Bueno, yo no tengo nada que ponerme..."

Ariana negó con la cabeza y puso los ojos en blanco antes de cerrar la puerta en el rostro de su madre. Claire levantó su nariz y se encogió de hombros por el obvio disgusto de su hija. Algún día, la niña lo entendería.

Lo más probable es que ella sería igual que su madre, y esa idea complació el infinito ego de Claire.

R.W.K. Clark

CAPÍTULO 2

El crucero, por supuesto, era el más lujoso disponible, pero Claire echó muchas cosas en falta. Jason y los niños se alejaron mientras se quejaba por todo, desde la falta de espacio en los armarios hasta las pequeñas duchas que estarían usando. No importaba que el barco tuviera tiendas y restaurantes que fueran lo mejor de la línea. No importaba que hubiera las mejores instalaciones de gimnasio y una selección de piscinas diferentes. Nada de eso importaba, porque Claire nunca estaba contenta con nada. De hecho, su esposo creía profundamente que el único propósito de su existencia era criticar y quejarse, y que hacía muy bien su trabajo.

Adam no permitió que algo como un crucero interfiriera con su juego. Se aseguró de tener un sistema portátil y su teléfono inteligente en todo momento. Si tuviera que comunicarse realmente con su familia por un período prolongado, se suicidaría. En cambio, se centró en sus maravillosos dispositivos y respondió todas las preguntas con un sí o un no. No ofrecería nada más. ¿Por qué hacer un esfuerzo extra si no era necesario?

Ariana, por otro lado, disfrutaba interactuando y conociendo gente. Algunos trajeron a sus mascotas y ella aprovechó al máximo cualquier momento que tuviera con ellos. Hizo amistad rápidamente con una pareja mayor que tenía un Pomerania con la esperanza de que le permitieran cuidar a su 'hijo' en algún momento durante el crucero. En opinión de Ariana, eso hubiera hecho que las vacaciones fueran perfectas. Quería con todo su corazón tener su propio perrito, pero hasta ahora su madre había puesto patas arriba todos sus intentos. Ari fue paciente; simplemente esperaría su momento.

En cuanto al matrimonio Harrington, Jason y Claire simplemente se toleraban. Si bien habían estado locos el uno por el otro hace años, al principio, ya no había amor entre ellos. Permanecieron juntos por el bien de los niños, a Claire le gustaba contarle a sus amigos lo buena que era su relación, pero todos sabían que era solo por mantener las apariencias. Era bastante patético, realmente.

∞

Mientras el enorme barco atravesaba las aguas, los dos se sentaron en la cubierta con coloridas bebidas y contemplaron el océano. Jason odiaba tener que estar a solas con su esposa. Siempre terminaba escuchando las tonterías de los últimos chismes, algo que realmente no le importaba.

"Entonces, Michelle me dijo que decidió que lo mejor era tener una aventura", le decía Claire. "Siente que le enseñará a Scott una valiosa lección. Ya sabes, si uno puede jugar, ambos pueden jugar".

"No me importa ninguno de ellos", respondió Jason. "¿Qué quieres hacer en Belice cuando lleguemos?". Estaba tratando de cambiar el tema lo más rápido posible. ¿A quién le importa el matrimonio de Scott y Michelle Staton?

Claire puso una mirada de sorpresa en su rostro. "Compras, por supuesto. ¿Qué esperabas? ¿Tenías otros planes?".

"¿Sería importante si los tuviera?", preguntó, mirando al mar.

Claire terminó su bebida e hizo un gesto para que el camarero le trajera otra. "Puedes hacer lo que quieras, Jason. Lo harás de todos modos".

"¿Sabes qué, Claire?", Jason comenzó. "Fuiste de compras hace cuatro días. Luego, anteayer. ¿Sabes cuántas cosas hay que hacer en Belice? Por supuesto que sí. Pero tú solo quieres 'ir de compras'. Me revuelve el estómago".

Claire se rió amargamente. "¿Qué es lo que no te revuelve el estómago?". Él la hizo molestar. Tenía una bella esposa y nunca le prestó la menor atención. Podría irse al diablo, a ella no le importaba.

Jason se levantó con su bebida y se alejó de su esposa. Ella era una de las personas más codiciosas e indulgentes que había conocido, y su hijo Adam estaba siguiendo sus pasos. Jason podía verlo descansando en la piscina cercana, pero ¿estaba disfrutando de un buen baño? No. Estaba jugando un maldito videojuego. Podrían haberse quedado en casa haciendo las mismas cosas. Él y su encantadora hija deberían haber venido solos al crucero. Podrían haber disfrutado realmente del crucero y todas las cosas emocionantes que Belice tenía para ofrecer. Tal vez podrían hacer un viaje juntos, solo ellos dos, la próxima vez.

Se dirigió al bar y terminó su bebida, colocando el vaso en la barra. "¿Otro?", preguntó el camarero, y Jason respondió asintiendo con la cabeza y con una sonrisa. Iba a necesitar un trago tras otro si quería sobrevivir a este viaje con el dolor de cabeza que se hacía llamar la señora Harrington.

Entonces Jason se resignó al hecho de que atracarían en Belice e irían de compras. No había forma de evitarlo porque Claire se quejaba y gemía si los tres no cooperaban. Organizaría un gran espectáculo lloroso que consistía en los mejores viajes de culpabilidad, con todo lujo de detalles sobre cómo nadie quería pasar tiempo con ella y hacer las cosas que quería hacer, cómo nadie la apreciaba. Todos terminarían cediendo de todos modos. Lo mejor era consentir desde el principio y evitar la molestia que se produciría.

Jason tomó la bebida fresca del barman y miró el reloj con forma de porta en la pared. Atracarían en Belice en una hora. Necesitaba hablar con los niños y asegurarse de que se resignaran a participar en los planes de su madre.

Primero fue hacia Adam, en la piscina. Se sentó en la silla reclinable junto a su hijo y tomó un trago de su bebida. "¿Cómo va todo? ¿Qué tal está el juego?".

Sin levantar la vista de la pequeña pantalla o quitar los dedos de los botones de su unidad de juego portátil, Adam respondió: "Bien, y el juego es genial".

Jason suspiró. "¿Dejarás esa cosa para que pueda hablar contigo un minuto? Solo será un segundo".

Ahora Adam se volvió hacia su padre. "Aclárate, papá. ¿Un minuto o un segundo?".

"No te hagas el listo, Adam", dijo Jason severamente, pero no pudo evitar sonreír. Su hijo fue rápido.

Adam suspiró y paró el juego, poniéndolo en su regazo. "¿Qué sucede, Papá?".

"Bueno", Jason comenzó, "Atracamos en Belice en una hora. Estoy seguro de que tenías cosas que querías ver, pero tu madre insiste en que compremos, así que prepárate. Parece que vamos a seguirla y llevar bolsas de compras, hijo".

Ahora Adam giró su cuerpo hacia su padre por completo, sentándose rígidamente en la silla. "¡Papá! ¡Todo lo que esa mujer quiere hacer es comprar! Si tengo que comprar, entonces quiero ver un teléfono nuevo porque el mío se está desactualizando. De lo contrario, no voy".

Jason miró al chico. ¿Cómo sucedió? ¿Cómo se las arregló para casarse con alguien como Claire y crear otro de los seres humanos más egoístas del planeta? Él suspiró cansado. "Lo que sea Adam. Solo prepárate". Se levantó y se alejó. Quería encontrar a Ariana; si alguien podía hacerlo sonreír era ella. Ella era sin duda su favorita. Mientras que Adam tendía a reflejar a Claire en actitud y comportamiento, Ari seguía sus pasos.

Deambuló por la cubierta en busca de su hija, sin éxito. ¡El barco era tan grande! Él le había dicho que se mantuviera cerca, y ella no era una niña desobediente. Ella estaba cerca, estaba seguro. Estaba simplemente relacionándose con los otros pasajeros. Luego tomó el ascensor hasta la cubierta superior. Había recordado que se había hecho amiga de una pareja mayor llamada Strickland, y parecía que su camarote estaba en el piso de arriba.

Encendió el ascensor y vio a su hija de inmediato. La vista del sol brillando en su largo cabello rubio lo hizo sonreír. Ella era una chica tan dulce, tan fácil de complacer, nunca mostraba egoísmo. Ariana era la luz de la vida de su padre. Bastó una mirada a su hija y todos los problemas que tuvo con Claire y Adam desaparecieron como mucho humo.

Se acercó a ella, sonriendo de oreja a oreja. Ella tenía el pequeño perro esponjoso en su regazo, y estaba hablando con la dueña del perro, una mujer mayor llamada Lucy. "Lamento interrumpirlas, chicas", dijo Jason mientras se acercaba. "Tengo que hablar con esta pequeña rubia de aquí".

Ariana levantó la vista y le sonrió a su padre. "Hola ¿Te estás divirtiendo?".

"Muchísimo", respondió, dando una mirada sarcástica. "¿Puedo hablarte a solas? ¿Solo por un momento?".

Su hija le entregó el Pomerania a su dueña, luego unió su brazo con el de su padre. "¿Qué pasa, papá?".

"Estaremos atracando pronto", dijo Jason. "Tu madre..."

Ariana lo interrumpió, su sonrisa se desvaneció. "Mamá quiere llevarnos a todos de tienda en tienda y gastar dinero en artículos inútiles que no necesita y nunca usará".

Jason asintió. "¡Dale a esa chica una muñeca Kewpie!". Él negó con la cabeza ante su propio chiste. "Solo quería pedirte que cooperases. Sé que querías ver el zoológico local, pero está decidida".

"Oh, papá", dijo la niña. "Ella me frustra terriblemente. ¿Quieres decir que no podré visitar el zoológico?".

Jason asintió. "A mí también me frustra, pero será mucho peor si no cumplimos, cariño. En cuanto al zoológico, bueno...". Sus palabras se desvanecieron, luego continuó. "Estaba pensando que para las próximas vacaciones dejáramos que mamá y Adam fueran juntos y tú y yo podríamos quedarnos. Ya sabes, dos viajes separados. ¿Qué dices?".

Los ojos de Ari se iluminaron. "¡Suena asombroso! Sé que estos viajes son más difíciles para ti que ninguno de nosotros", respondió ella. "En cuanto a las compras, no hay problema, supongo. No es ningún problema".

Jason sonrió. Ella era especial, su hija. "¿Entonces nos vemos en la rampa en aproximadamente media hora?".

"Por supuesto". Ariana se puso de puntillas y plantó un beso en la mejilla de su padre. "Cualquier cosa por ti, papá".

Mientras se alejaba y se dirigía a Stricklands y a su perro, Jason la miró con una sonrisa. Si su matrimonio todavía tenía algo positivo, era por Ariana. Ella hacía que todo valiera la frustración y la miseria, cada segundo.

CAPÍTULO 3

El puerto de Belice demostró ser una obra maestra de caos y confusión. En total, tres cruceros habían atracado, y los pasajeros y turistas se movían por todas partes, tropezando e intercambiando comentarios groseros. Los taxis estaban alineados cerca del muelle, arriba y abajo, a ambos lados de la calle, esperando ansiosamente que alguien, cualquiera, los contratara para sus excursiones turísticas. Gente de todas las formas, tamaños y colores se agitaban de aquí para allá, la emoción en sus caras era obvia.

Jason, Claire, y los niños estaban de pie cerca de los taxis mirando mientras la gente empujaba. Claire se volvió hacia Jason. "Bueno, ¿no vas a hacer algo? ¡Ciertamente no voy a caminar para hacer mis compras!"

"¿Qué me aconsejarías hacer?", preguntó Jason.

Ahora ella le dio un encogimiento de hombros exasperado. "No lo sé; ¿Tal vez apresurarte antes de que esas otras personas pobres ocupen todos los taxis?".

En ese momento, una voz baja y grave con un acento grueso habló, haciendo que Jason saltara. "¿Necesitan taxi? ¿Quieren ir de compras? ¿Turismo?".

Los cuatro Harrington se volvieron hacia el hombre que hablaba, que estaba justo al lado de Jason en el otro lado. Estaba sucio, con pelo grasiento y viscoso y aceite brillante en la piel. Su ropa estaba deshilachada y manchada de suciedad, y sus dientes se pudrían. Claire podía olerlo, y el aroma le daba náuseas. El hombre le sonrió a Jason, sus ojos amarillentos se iluminaron. "¿Necesitan un taxi?", repitió.

De repente, Claire le susurró a su marido, "¡No lo sé!, ¡Es asqueroso!, ¡No dejes que te toque!". Agarró a Adam y a Ariana por los brazos y los apartó del extraño. ¿No podrían conseguir otro taxi, uno con un conductor decente? Ella levantó su nariz y dejó que Jason hablara.

Jason se volvió hacia el hombre y le ofreció una sonrisa a medias. "Sí, necesitamos un taxi", dijo. "¿Qué nos puedes ofrecer?".

El hombre se inclinó levemente hacia Jason y carraspeó. "Los llevaré a comprar por toda la calle principal, arriba y abajo. Los esperaré en el otro extremo, luego los traigo de vuelta aquí al barco cuando hayan terminado. Es una buena oferta, ¿verdad?".

Jason tuvo que aceptarla. Casi todos los otros taxis estaban llenos, y buscar uno de los otros vacíos podría significar perderse por completo. No iba a rechazar un taxi solo porque el conductor no tenía higiene.

"Sí", respondió. "Creo que te haré cargo de eso".

Pronto los cuatro estaban en el taxi, Claire y los niños atrás y Jason junto al hombre maloliente en la parte delantera. "¿Ves esta calle?", preguntó el hombre. Sin esperar a que Jason respondiera, continuó. "Para ir de compras es por arriba y abajo, ambos lados. Algunas tiendas son caras, pero eso no es un problema para los estadounidenses ricos, ¿no?". Miró a Jason y se rió. "Compran todo por esa calle, y los veo aquí mismo". Aparcó el taxi al final de la franja. "Luego los llevo de regreso al barco, ¿sí? Si tienen alguna pregunta, solo deben venir y preguntarme; Estare justo aquí".

Claire y los niños estaban fuera del asiento trasero en un santiamén, jadeando en busca de aire puro. El hombre apestaba, y Adam y Claire no perdieron la oportunidad de burlarse de él juntos. Ari se sintió avergonzada por su comportamiento inmaduro y se negó a participar en sus juegos burlones.

Jason pagó la tarifa y le dio al hombre una propina generosa. "¿Estarás aquí cuando hayamos terminado? Si es así, habrá más de esto para ti", dijo, agitando dinero al conductor.

"No hay problema", dijo, con los ojos muy abiertos por el dinero. "Voy a estar aquí. ¡No voy a ninguna parte!"

Finalmente, Jason salió del camarote con el resto de su familia y, con un gesto de la mano hacia el conductor, se marcharon. Cuando estuvieron fuera del alcance del oído, Claire se volvió hacia Jason. "¿Cómo pudiste sentarte al frente con ese hedor a tu alrededor? Simplemente estaba muriendo en el asiento trasero. ¡Me estaba muriendo!"

"Sabes, Claire, de la forma en que Adam y tú juzgan a otras personas, uno pensaría que ambos excretan pétalos de rosas. Bueno, tengo noticias para los dos: ¡He visto y olido sus traseros y los pétalos de rosa no tienen nada que ver con eso! "

Ari se rió de la broma de su padre mientras Claire levantaba la nariz como de costumbre. ¿Qué sabía su marido? Él nunca la apreció a ella y a su buen rol como esposa.

Las compras finalmente comenzaron a ponerse en marcha. La familia visitó una tienda tras otra, y tanto Claire como Adam lograron hacer compras en todas y cada una. Ariana parecía no tener interés en nada, y Jason tuvo que obligarla prácticamente a elegir algo de la penúltima tienda. Compró un globo con delfines que cuando se sacudía, un brillo dorado se arremolinaba en el agua dentro.

Lo que Jason y Ari hacían principalmente era llevar bolsas y paquetes, caminando penosamente detrás de Claire y Adam, escuchándoles hablar de gastar aún más dinero en el siguiente lugar, fuera lo que fuese. Su comportamiento egoísta fue una broma privada para Jason y su hija, y sus bromas silenciosas hicieron que el viaje de compras fuera mucho más llevadero.

∞

El día pasó muy rápido. Antes de darse cuenta, estaban parados en la última tienda, una pequeña boutique situada al otro lado del callejón de un gran edificio de ladrillo de aspecto oficial. Se encargarán de entrar a la tienda, gastar dinero inútilmente, y, finalmente, hacer su camino de regreso hacia el hombre del automóvil apestoso. La miseria casi había terminado.

Pero en la última tienda, tanto Ariana como Adam tuvieron suficientes compras. Claire se estaba tomando su dulce tiempo hojeando la ropa, joyas y otras baratijas, y los niños se habían aburrido excesivamente. Ambos estaban listos para regresar al barco y descansar sus piernas. Adam se plantó en un banco justo afuera de la puerta y sacó su teléfono inteligente del bolsillo para jugar un juego. "No puedo esperar para configurar mi nuevo teléfono. Es lo mejor de la línea, ya sabes", dijo engreído a su hermana. "¿Por qué solo compraste un estúpido globo de nieve? Podrías tener cualquier cosa que quieras en cualquier momento, idiota. Eres la favorita de papá, ¿sabes?".

"Porque no necesito nada", respondió con disgusto. "Además, nada más llamó mi atención, y es una tontería pensar que soy la favorita de papá; él nos ama a ambos de la misma manera".

"¡Ja!", respondió. "Sé que soy el favorito de mamá, y no me importa decirlo".

Ari comenzó a caminar de un lado a otro. "¿Qué le está llevando tanto tiempo? ¿Qué podría estar comprando que ya no tenga?"

Adam se rió sarcásticamente. "Conoces a mamá", dijo, luego volvió a centrar su atención en su juego.

Ariana se sentó junto a él, balanceando sus piernas hacia adelante y hacia atrás y observando a todas las personas a su alrededor. De repente, desde algún lugar detrás de ella, Ariana escuchó algo que sonaba como un bebé lloriqueando. Ella sacudió su cabeza hacia el sonido e intentó bloquear todo el caos a su alrededor. ¡Ahí está otra vez!

El segundo gemido, y todos los que siguieron, sonaron muy necesitados y persistentes. Definitivamente era un animal de algún tipo. "Adam, ¿oyes eso? Suena como un animal". Se levantó y miró hacia el callejón. "Parece un animal herido".

"¿Oir qué?", le respondió. "No escucho nada. ¿No ves que estoy ocupado? Maldita sea, ¡acabo de morir por tu culpa!"

Ella comenzó a caminar hacia una estrecha pasarela que corría entre las dos tiendas. Se detuvo en la abertura y miró a lo largo. Había grandes contenedores de basura, estaba regada a lo largo de la pasarela. Al final del callejón algo se movió, y escuchó el gemido otra vez. Sí, definitivamente era un animal, y estaba dispuesta a apostar que había sido lastimado.

"¿Qué estás haciendo?", la voz de Adam era un poco urgente. De repente, él estaba justo al lado de ella, y la tomó por la parte superior del brazo. "Tienes que quedarte conmigo. No voy a dejar que mamá y papá me caigan encima porque no quieres quedarte quieta".

Ariana liberó su brazo del agarre de su hermano. "Hay un animal ahí abajo llorando", dijo, mirándolo. "Voy a echar un vistazo; mírame si quieres, iré de todos modos". Con eso, entró por la estrecha abertura. Le molestaba mucho que su hermano pensara que podía dictarle y decirle qué hacer. Claro, sus padres le habían dicho que se quedara con Adam, pero todo lo que tenía que hacer era mirarla si estaba preocupado. A él realmente no le importaba, así que tenía que ocuparse de sus propios asuntos.

Adam la observó por un momento, luego miró su juego. Decidió que no le pasaría nada, y regresó al banco. Dejó que fuera ella quien una buena regañina de sus padres. Tenía cosas más importantes que hacer. Al diablo con ella.

La niña se acercó lentamente al animal, y estando cerca se fijó que era un perro. Sus gemidos crecían cada vez más, y estaba segura de que el animal estaba herido. Su corazón se hinchó de compasión, y ella aceleró el paso. Cuando estaba a unos cinco pies de él, se agachó y le tendió la mano. El perro olisqueó en su dirección, y luego continuó gimiendo dolorosamente.

Sí, Ari estaba dispuesta a apostar que el desastre ensangrentado y destrozado era un perro, pero por la vida de ella, seguro que no se veía como tal. Sus piernas estaban rotas e iban en direcciones extrañas y antinaturales. Tenía la cabeza hundida por un lado, y una de sus orejas estaba rasgada casi por completo. Faltaban parches de pelo, y las calvas en su pelaje mostraban carne de color ceniciento con venas moradas que se destacaban en un marcado contraste. El animal parecía como si estuviera muerto.

Pero no lo estaba.

Su corazón se apoderó de ella y se arrastró hasta el animal sobre sus manos y rodillas hasta que estuvo justo al lado. Una de sus patas traseras parecía estar rota en al menos tres lugares; ¡El pobre debe estar sufriendo terribles dolores! Su pelaje estaba enmarañado con sangre y suciedad, y sus ojos estaban tan negros que no podía ver los blancos en absoluto, dándole al perro una mirada malvada, como si estuviera poseído por el demonio. Ella se encogió un poco ante la idea, pero apartó las preocupaciones de su mente. Por el amor de Dios, Ari, pensó para sí misma, es solo un perro. Un pobre perro, herido y enfermo.

"¿Estás bien, pequeño?". Ariana habló suavemente mientras con timidez comenzaba a acariciar al animal suavemente con el dorso de su mano. ¿Cómo podría ella ayudarlo? Tendría que irse, lo sabía, pero su corazón se rompió ante la idea. Después de todo, estaban en un crucero, y aunque no lo estuvieran, sus padres nunca la dejarían llevar al perro. Estaba en una forma terrible. Su padre querría sacarlo de su miseria en ese mismo momento. La idea la puso enferma.

"¡Ariana!". La voz de su madre se escuchó desde la boca del callejón. "¡Sabes que debes quedarte con tu hermano! ¿Qué haces? ¿Qué tienes ahí?"

La chica saltó ante el sonido y se volvió hacia su madre. El perro también se sobresaltó, y de repente la mordió, atrapando la piel entre sus dientes. Ariana gritó y el perro siguió gimiendo. Miró su mano para ver un rasguño pequeño y sangrante. Estaría bien; no era más que una ligera herida superficial.

"Pobre bebé", le dijo al perro, y luego a su madre, dijo: "Es un perro callejero, mamá. Ya voy".

Se llevó la mano a la boca y lamió la sangre. No sería bueno para sus padres ver que el perro la había mordido. Probablemente su papá lo descubra si la ve. Ella acarició al perro otra vez, y dijo: "Lo siento. Me tengo que ir.

Espero que estés bien". Un par de lágrimas cayeron de sus ojos y ella rápidamente las apartó. No podía dejar que la vieran llorando por algo como esto. Su madre y su hermano se burlarían de ella por el próximo mes. Murmuró una oración rápida por el animal herido en voz baja.

Con eso se levantó y fue a encontrarse con su familia. Después de dejar que su madre le gritara por un momento que no se quedara con Adam, tomó algunas de las bolsas de la compra de su padre y lo ayudó a llevarlas al taxi. Mientras su madre y su hermano caminaban juntos, con los brazos vacíos, Ariana y su padre cargaban con las bolsas.

El taxi y el conductor estaban sentados justo donde lo habían dejado, tal como el conductor le había prometido. Estaba durmiendo la siesta cuando llegaron, pero pudieron despertarlo fácilmente. Saltó del asiento del conductor y ayudó a Jason y Ari a guardar los paquetes en el maletero del vehículo, luego todos volvieron al taxi y salieron.

Sería bueno regresar al barco. El calor de Belice parecía estar haciendo que Ariana se sintiera un poco mareada. Ella querría beber algo frío y una tomar una siesta.

CAPÍTULO 4

Ariana estaba en la litera de su camarote en el crucero. Se sentía agotada y tenía un terrible dolor de cabeza. Hombre, ese pequeño viaje a Belice la había agotado mucho. Sintió que todo lo que quería hacer era dormir, pero no importaba lo mucho que lo intentara, no podía cruzar a la tierra de los sueños.

Llamaron suavemente a su puerta. "¿Ariana?", era la voz de su padre. "¿Puedo entrar?".

"Sí, papá. Entra", ella respondió, y el sonido de su propia voz hizo que su cabeza palpitara aún más fuerte. La agotaba el solo hecho de responderle.

Su padre entró y se sentó en la litera junto a ella. "¿Cómo te sientes?".

"Terrible", le dijo, y le ofreció la mejor sonrisa que pudo mostrar. "Tal vez comí algo malo. No lo sé, pero me siento horrible. Me duele la cabeza, y creo que tengo fiebre".

Jason se llevó el dorso de la mano a su frente. "¡Estás ardiendo!". Se puso de pie y dijo: "Ya vuelvo. Voy a buscar un ibuprofeno para que podamos bajar la fiebre".

Solo se había ido un minuto, volviendo con dos pastillas y un vaso de agua. Mientras ella las tomaba, Jason preguntó, "¿Qué te gustaría que te trajera para comer? Estoy seguro de que no quieres unirte a nosotros".

"Tienes razón", respondió ella. "Pero la idea de la comida me está revolviendo el estómago, papá". Ella cerró los ojos y puso una mano sobre ellos. "Si insistes, puedes traerme sopa o tal vez un vaso de zumo de manzana o naranja, me vendría bien. Por favor..."

Jason tiró las cobijas sobre ella y las colocó alrededor de su cuerpo. "Esta bien. Solo quédate aquí y descansa un poco. Estoy seguro de que solo fue demasiado ajetreo para un día y de que te sentirás mejor pronto".

Su padre se fue y en cuanto oyó que se cerraba la puerta de su camarote, encendió la pequeña lámpara junto a su litera. Levantó su mano hacia la luz y la miró de cerca; la marca de la mordida era tan roja que estaba casi morada, y parecía que se estaba formando un poco de pus alrededor de la herida. Ariana fue al baño donde se lavó la mano a fondo. ¡Fue tan doloroso! Luego le puso un poco de ungüento y lo envolvió en una toalla de mano.

Sintió un poco de confusión sobre la mordedura. Solo había sido un rasguño superficial, nada grave en absoluto. Ni siquiera había dolido mucho en ese momento, pero ahora estaba palpitando de dolor, y parecía profundo e infectado. No entendía por qué estaba así.

Se recostó y cerró los ojos. ¡Estaba tan cansada! Sería grandioso si tan solo pudiera dormir. Dejó vagar su mente y pronto el sueño se apoderó de ella, causándole de perros llorones gimiendo, con las piernas rotas y los dientes afilados.

∞

"Entonces", comenzó Claire cuando Jason volvió a su mesa. "¿Debo entender que tu pequeña princesa no se unirá a nosotros esta noche?".

Jason le dio a su esposa una sonrisa de disgusto. "Tu sarcasmo no se me escapa, Claire", dijo. "Esta es tu hija, con la que estás siendo condescendiente, y no, ella no se unirá a nosotros. Está enferma. Tiene fiebre". Se sentó y luego continuó. "Cualquier otra madre en el mundo estaría terriblemente preocupada, pero noto que no te puede importar menos, o eso parece".

"Bueno, entonces, tenemos que pedir algo para llevarle más tarde", respondió, avergonzada por su confrontación.

Él asintió. "Pidió una simple sopa y jugo de manzana o de naranja. Yo se lo llevaré..."

Luego, los tres pidieron y comieron su comida. Adam apenas podía quitar su atención de su dispositivo de juego portátil para tomar un bocado de vez en cuando, y Claire seguía mirando en su espejo compacto y arreglando su maquillaje ya perfecto. Jason seguía preocupado por su hija. Había estado bien toda la mañana. Si mañana no estaba mejor, la llevaría a visitar al médico del barco.

∞

Cuando terminó la cena, Jason tomó una bandeja con un plato de sopa de fideos con pollo y un vaso de jugo de naranja en el camarote de su hija. Golpeó ligeramente, y cuando no obtuvo respuesta, abrió la puerta a la oscuridad.

"Ari, te traje algo de sopa", dijo. Ella se movió ligeramente, pero no ofreció ninguna respuesta. Entró y alcanzó a la izquierda para encender la luz del baño. La luz principal seguramente la perturbaría, y si estaba durmiendo, eso era lo último que quería hacer.

Cuando llegó a su cama, dejó la bandeja en la mesita de noche. Su hija estaba en una bola debajo de las mantas, nada más que su cabello sobresaliendo. Se inclinó para tocar su frente y controlar su temperatura; ¡Estaba fría! Bueno, pensó, al menos la fiebre se había ido.

Fue entonces cuando Jason notó el olor.

Salía de su cuerpo en oleadas y apestaba a podredumbre negra. Jason sacudió la cabeza hacia atrás para alejarse de ella. Lo que sea que había comido que la había hecho enfermar realmente debía estar muy malo; Ariana estaba expulsando un gas horrendo, eso estaba claro. Sí, iba a llevarla a ver al médico del barco a primera hora de la mañana.

Una vez más colocó las mantas a su alrededor, notando que ella no se movió en lo más mínimo al tocarla. La dejaría pasar la noche, y si ella no se sentía mejor por la mañana, la llevaría al médico, con fiebre o sin fiebre. Luego se besó la mano y la llevó a la cabeza de ella antes de salir de la habitación.

Mientras caminaba de regreso a su camarote, pensó en su esposa. Nunca había conocido a una mujer en su vida que mostrara tan poco respeto por uno de sus propios hijos, especialmente cuando ese niño estaba enfermo. Claire actuó como si no le importara que Ari estuviera enferma en absoluto. Sabía que no tenían la relación ideal entre madre e hija, pero ¿cómo no podía preocuparse por su propia hija? Descubrió que odiaba a su esposa cada vez más cada día que pasaba.

Ella había cambiado mucho a lo largo de los años. Habían comenzado a salir en secundaria. Jason recordó que era la chica más bonita, con un maravilloso sentido del humor y un ingenio rápido. Solía ser voluntaria en uno de los refugios para personas sin hogar en Houston en ese entonces. Tenía metas, sueños y ambición. No podía esperar para casarse con ella.

Pero en algún momento, ella había cambiado. Si lo pensaba lo suficiente, sería capaz de identificar exactamente cuándo los cambios comenzaron a afectarla. Cambió cuando comenzó a experimentar el éxito en su negocio. Sí, no cabía duda, los cambios en Claire en Claire tenían un vínculo directo con su dinero, y descubrió que despreciaba toda la situación.

∞

Mientras Jason yacía en la cama esa noche, se preocupó terriblemente por su hija hasta que se durmió. Sin embargo, lo eludió durante un tiempo, Jason se dio vuelta y giró. Más de una vez, pensó en levantarse y vigilarla, pero se convenció a sí mismo de no hacerlo todo el tiempo. Necesitaba descansar para mejorarse y disfrutar del resto del crucero. La dejaría en paz.

Cuando el sueño llegó, sus sueños lo asustaron. Soñó que su hija había sido atacada por un perro malvado mientras él permanecía de pie sin poder hacer nada y observaba. Se las arregló para luchar contra el perro en el sueño, pero cuando llegó a su padre, ella había... cambiado. Lo atacó, se comió la carne de sus huesos y se río de su dolor. Se despertó con un sobresalto y se sentó derecho en su cama, su corazón latía violentamente. Estaba cubierto de su propio sudor.

En el sueño, su hija ya estaba muerta, y no había nada que él pudiera hacer para ayudarla; era demasiado tarde.

R.W.K. Clark

CAPÍTULO 5

Ariana se levantó de la cama al romper el alba. No recordaba dónde estaba ni quién era. Su mente estaba completamente en blanco. Todo lo que sabía era que estaba vorazmente hambrienta y sedienta, y que los antojos que estaba teniendo eran de cosas... frescas.

Se levantó y fue al baño, donde miró su reflejo en el espejo. Estaba confundida; ¿quién era ella y qué estaba haciendo aquí? Extendió la mano y tocó el espejo como para acariciar su propia mejilla, pero todo lo que sintió fue el cristal. Con un gruñido, frunció el ceño, y empujó el espejo, tratando de tocar a la persona que estaba frente a ella, pero fue en vano. Finalmente, en su frustración, ella se echó hacia atrás y lo golpeó, rompiendo el vidrio. Trozos de su piel cayeron en el lavabo, pero ella no sangró, y no sintió dolor.

La persona en el espejo tenía un cabello rubio fibroso que no tenía brillo ni vitalidad. Había círculos oscuros debajo de sus ojos que eran completamente negros, y la piel circundante era de un blanco pastoso con manchas púrpuras por todos lados. Ella gruñó un poco ante el reflejo roto en el espejo, luego se echó hacia atrás y golpeó con su puño otra vez, rompiendo el vidrio aún más. De repente, ella se distrajo por un fuerte ruido en su estómago. Tenía hambre y necesitaba alimentarse lo más pronto posible.

Hacía frío en el camarote, tanto que Ari apenas podía soportarlo. Se sentó en su cama, un gruñido persistente escapando de su garganta. Su mente no sabía palabras enseguida, solo fotos, y ahora pensó en una mujer con un maquillaje perfecto y cabello rubio peinado a la perfección. La mujer había sido su madre en otra vida, una vida que ya no existía.

Esa mujer era Claire, y Ariana estaba segura de que tendría un sabor delicioso.

Se levantó, sosteniendo su manta con fuerza a su alrededor, y salió del camarote. Era hora de ver qué podía ofrecerle la mujer rubia. Sonrió mientras caminaba por el pasillo hacia el camarote de sus padres. Dispuestos o no, iba a conseguir un bocado de ella, ¡un buen bocado! Los pensamientos que pasaban por su mente la hicieron reír, si es que se le puede llamar risa a esa respiración espasmódica y acelerada, en ese caso sí que lo sería.

Llegó a la puerta del camarote de sus padres. En su estado mental actual, no estaba identificándolos como tal, solo sabía que la mujer rubia que estaba buscando estaba del otro lado de la puerta. Podía olerla, y el olor era cautivador. Iba a disfrutar esta comida al máximo. Puso su mano sobre la palanca y comenzó a girarla.

∞

Claire se sentó en el tocador del baño de su camarote, aplicando su maquillaje perfecto en su rostro perfecto. Jason era un idiota. Simplemente no podía esperar a que ella se alistara para desayunar. No, prefería ir a comer sin ella. Su madre tenía razón cuando dijo que no valía la pena y que se arrepentiría de casarse con él. Ella lo lamentaba todos los días. ¿Qué había visto en él?

Bueno, él se había ocupado bien de la familia, y todavía lo hacía. Valían millones, y aunque estaba consciente de que él solo estaba con ella por apariencia, esa fue la única razón por la que se quedó. Su mente regresó a la escuela secundaria y recordó lo locamente enamorada que estaba de él entonces. Solo una niña tonta que no sabía lo que le convenía.

Comenzó a aplicarse polvos en la cara para maquillarse cuando escuchó el ruido de la puerta de su camarote.

"Jason, ¿eres tú?". Claire gritó, sonriendo para sí misma. Una vez más, había ganado. Él era tan básico. Todo lo que necesitó para lograr lo que quería, al final, fue poner su cara de alboroto y dejarlo quejarse.

Funcionaba todo el tiempo. Después de todo, aquí estaba él, buscándola para ir a desayunar.

No recibió respuesta, lo que la hizo fruncir el ceño. ¿Estaba tratando de manipularla aplicando la ley del hielo? Peló sus orejas y escuchó atentamente; escuchó el clic en el pestillo de la puerta del camarote cuando se cerró, seguido de un ligero crujido.

"¿Jason?". Claire se levantó de su lugar en el tocador y se dirigió al área principal del camarote. Mientras caminaba, intentó ponerse un calcetín, y justo antes de llegar a la puerta del baño, oyó que se abría nuevamente la puerta del camarote, seguida por la voz de Jason.

"Claire, ¿estarás lista algún día y vendrás?".

Ella entró en el camarote, con una mirada confundida en su rostro. "¿Acabas de llegar hace un momento y ahora vuelves a irte?".

"¿Qué?", preguntó Jason. "No, acabo de llegar".

Claire estaba más confundida que nunca. "Podría haber jurado...", dijo, su voz se apagó. "Bueno, olvídalo. Sí, supongo que iré contigo".

Ella agarró su bolso de una silla al lado de la cama y tomó el brazo de Jason. Él plantó un beso firmemente en su mejilla. "Desearía que no tuvieras que ser tan desagradable, querida", le dijo. "Todo sería mucho mejor si no lo fueras".

Claire le sonrió y los dos salieron de la habitación para ir a desayunar con su hijo. Por lo que Jason sabía,

Ari todavía estaba descansando. La vería después de la comida, cuando le lleve algo de comer.

∞

Ariana estaba en el armario del camarote de sus padres, mirando a su padre besar a su madre. Su respiración era trabajosa e irregular, y cuando se marcharon, sintió que la rabia se acumulaba dentro de ella. Ahí va mi comida, pensó para sí misma, y gruñó cuando extendió la mano para abrir la puerta todo el camino.

Sus movimientos fueron forzados y espasmódicos. Fue una lucha para ella el llegar del closet al baño. Se miró en el espejo y pensó que se parecía a la muerte. Su ojo derecho se estaba volviendo de un blanco lechoso sobre el iris, y tenía manchas y venas moradas que aparecían por toda su carne. No le molestaba, sin embargo. Le parecía... bien. Podría lucir terrible, pero se sentía maravillosa. Se sentía invencible y poderosa, y eso le hacía bien.

Pero tenía que alimentarse. Sentía que si no recibía algún tipo de alimento, simplemente moriría, y no estaba de humor para huevos o cereales. No, ella quería algo... más rico. Algo con más sustancia.

Algo que sangrara.

Salió del camarote, tambaleándose mientras caminaba. Miró a la izquierda y a la derecha, y fue entonces cuando vio a una gran mujer pelirroja al final del pasillo mirando por encima de la barandilla del mar. Era mórbidamente obesa y llevaba un gran vestido amarillo con flores rojas brillantes por todas partes. Sus brazos gordos fueron cruzados sobre la barandilla, que parecía estar soportando la mayor parte de su peso sustancial. Estaba tarareando una melodía ligera y aireada, y el sonido hizo que a Ariana le doliera la cabeza.

Ariana sonrió perezosamente y se volvió hacia ella. Comenzó a tambalearse torpemente en la dirección de la mujer, y antes de que ella se alejara un metro y medio, se sintió abrumada por su fuerte perfume. Le producía náuseas, lo cual la frustraba. Ariana esperaba que el perfume no afectara el sabor de su presa.

Mientras se acercaba a la mujer, Ariana habló, su voz gutural y forzada. "Hola".

La mujer se volvió hacia Ariana y sus ojos se agrandaron. ¿Qué le pasó a esta niña? ¡Luce terriblemente enferma!

"Querida", dijo la mujer, volviéndose a Ariana por completo. "¿Te sientes bien? ¡Te ves mal, cariño!"

Ariana continuó cerrando la brecha entre ella y su objetivo. Ella levantó los brazos, como para pedir ayuda. La mujer corrió hacia ella tan rápido como sus gordas piernas podían cargarla. "Mi nombre es Patty, cariño. ¿Qué puedo hacer para ayudarte? ¿Dónde están tus padres? ¿Puedo buscar a tus padres por ti?". La mujer siguió avanzando, y cuando la alcanzó, la tomó de los brazos, como para sostenerla y estabilizarla.

Entonces Ariana agarró los brazos de la mujer a cambio, y se sujetó fuerte, había mucho peso que controlar. Se sentía tan fuerte, y la mujer parecía tan débil. Se inclinó hacia ella y, cuando la mujer le devolvió el abrazo, Ariana hundió la cara en el cuello gordo y clavó los dientes en su carne. La mujer intentó gritar, pero el pánico la impidió, cerrando la garganta de inmediato, y después de una pequeña lucha, se quedó tendida en la entrada del corredor, con el pie derecho temblando incontrolablemente, los ojos y la boca abiertos por la sorpresa. Había un enorme agujero en su cuello y la sangre salía disparada como una fuente.

Ariana miró a la izquierda y luego a la derecha. El corredor estaba vacío. A su derecha, vio una puerta marcada como 'Mantenimiento' y sonrió. Perfecto. La suerte parecía sonreírle.

Ariana se levantó y tomó a la mujer por las muñecas, luego arrastró el peso muerto de su cuerpo ensangrentado hacia la puerta. Con una pequeña lucha, pudo meter el cuerpo en el armario grande y cerrar la puerta. Luego se sentó, con las piernas cruzadas, al lado de la mujer, que sangraba por el cuello ante sus propios ojos. La fuente de sangre se había reducido a nada; sin duda la mujer estaba muerta. Pasó la mano por la sangre de la mujer y se la llevó a los labios, donde la probó y se la untó en la cara.

Delicioso.

Sin dudarlo, se inclinó y comenzó a comer con sonidos húmedos y chasqueantes.

El desayuno estaba servido.

∞

"¿Alguno de ustedes ha ido a ver a Ariana?". Adam estaba sentado con sus padres desayunando bistec y huevos. Jason y Claire parecían particularmente afectuosos, lo que era inusual y lo hacía sentir incómodo. Estaba tratando de distraerlos el uno del otro antes de que su comportamiento lo hiciera vomitar lo que había comido. Este no era un comportamiento para mostrar en la mesa del comedor. ¿Qué diablos pasa con esta gente?

"Ustedes dos deberían irse a su camarote. Para poder gritar en voz alta", dijo Adam con un tono de disgusto.

Jason volvió su atención a su hijo. "No, todavía no he visto a Ari", respondió. "Planeo llevarle un poco de tostada y zumo de manzana cuando hayamos terminado. Quiero dejarla descansar tanto como sea posible. Te lo digo, cuando la vi anoche, literalmente se estaba quemando, y luego estaba helada, así que supe que ya no tenía fiebre. Ella necesitaba descansar".

"Estoy segura de que está bien", intervino Claire. "Probablemente esté experimentando algo de náuseas, supongo. Estaría dispuesta a apostar que no es más que eso".

Jason asintió. "Probablemente tengas razón, pero quiero ofrecerle algo, ya sea que se lo coma o no". Miró a Adam nuevamente. "¿Ya tienes funcionando tu nuevo teléfono inteligente?".

El chico buscó en su bolsillo trasero. "Sí. Esto es un milagro tecnológico. No creerías todo lo que puede hacer, y algunas de las aplicaciones más nuevas que están disponibles también son alucinantes. Va a ser una maravilla tenerlo".

"Estoy seguro de que me impresionaría", dijo Claire, mirando a su hijo a los ojos. "¿Qué planes tienes hoy, Adam, además de jugar?"

Adam le ofreció a su madre una sonrisa sarcástica. "En realidad, pensé que podría pasar el rato en un flotador en la piscina", dijo. "Mientras me desplazo y juego. No quisiera decepcionar a ninguno de los dos por desviarme de la norma, ¿no es cierto?

"No tienes que ser tan inteligente, Adam", le dijo Claire a su hijo, volteando sus ojos mientras hablaba. "Creo que podrías pasar un poco de tiempo haciendo algo beneficioso".

Adam se rió a carcajadas. "Te crees la más indicada para hablar, ¿verdad?".

Un camarero apareció entonces. "¿Más café?".

Jason levantó su taza. "¿También podría traer un zumo de manzana mediano y dos rebanadas de pan de trigo seco para llevar, por favor?".

"De inmediato, señor", respondió el camarero. "¿Puedo ofrecer a alguien aquí algo más?"

Claire negó con la cabeza y se limpió la boca con su servilleta. "No, gracias. Creo que estamos bien".

Cuando la tostada y el jugo finalmente llegaron, Jason se levantó. "Voy a ver a Ari y ofrecerle esta comida. Se volvió hacia Adam. "Tu madre y yo estamos planeando recibir masajes en una hora. Ahí es donde estaremos si nos necesitas". Se inclinó y le dio un beso a su esposa.

"Te encontraré allí, querido", respondió Claire, guiñándole un ojo a su marido.

Con eso Jason se fue para llevar algo de comida a su hija y ver si su condición había mejorado. Ansiaba ver su hermoso rostro. Ciertamente esperaba que ella se sintiera mejor.

CAPÍTULO 6

Ariana estaba parada en el fregadero, en el armario de mantenimiento. Había terminado su maravillosa y fresca comida y se estaba preparando para salir del armario cuando algo le dijo que limpiara. No sería necesario vagar por este gran bote cubierta de sangre, ¿o sí?

Así que se quedó allí, enjuagando la sangre por el desagüe, con el cuerpo de Gordita Patty en el suelo a sus pies. La mitad del cuello de la mujer había desaparecido, sus huesos y ligamentos estaban expuestos. Ella ya había adquirido una palidez gris, y sus venas se habían vuelto oscuras debajo de su carne.

Ari se inclinó sobre el fregadero y se echó más agua en la cara. De repente algo rozó su pie. Miró a la mujer, que estaba empezando a gemir y retorcerse. Curioso, pensó Ariana.

Ella detuvo lo que estaba haciendo y se centró en su víctima, que parecía estar pasando por un renacer de algún tipo. Ari sonrió cuando la mujer se dejó caer y forcejeó; fue divertido verla llegar. Algo dentro de ella lo esperaba, pero ella no sabía por qué.

La mujer abrió los ojos por completo y miró a la cara sonriente de Ari. La niña extendió su mano hacia la mujer, que ahora estaba luchando por sentarse. Ella agarró su mano entre las suyas y sujetó de la mujer con todas sus fuerzas. Un segundo después, la mujer estaba sentada, con las piernas abiertas y el vestido recogido alrededor de su cintura.

"Tengo hambre", dijo la mujer con voz profunda y grave.

Gruñendo, Ari respondió: "Entonces, aliméntate".

La gorda mujer gimió ruidosamente. Estaba teniendo dificultades para controlar su cuerpo, y no ayudó que el armario fuera tan pequeño. Un individuo de ese tamaño necesitaba espacio para moverse. Era hora de que Ari se fuera y le diera a la mujer todo el espacio que necesitaba.

"Gracias por los recuerdos", dijo Ari con una risa enfermiza. "Diviértete, Gordita Patty". Este comentario trajo una sonrisa a la cara de la mujer, a pesar de que era ofensivo.

"Diviértete, Gordita Patty", repitió la mujer.

Con eso Ari giró la palanca de la puerta hacia el armario y lo abrió. Se asomó para ver a su padre parado en la puerta de su camarote. Él estaba sosteniendo una bebida con una tapa. Rápidamente se metió al armario y cerró la puerta silenciosamente. Su padre no necesitaba verla. Al menos, no ahora.

La bestia en el piso estaba gorgoteando mientras luchaba por ponerse de pie. Ariana la pateó con fuerza y le gruñó, motivándola a quedarse quieta. Escuchó atentamente los sonidos en el pasillo, su oreja pegada a la puerta.

"Ari, es papá", repitió la voz de su padre. "Te traje un poco de pan tostado y zumo".

Lo oyó golpear una vez más en la puerta del camarote, y luego oyó el ruido de la puerta. Iba a entrar, y estaba de acuerdo con eso. Al menos no estaba en la habitación. Su padre estaba empezando a sonar y oler como un plato principal para ella. Como acababa de comer, sería un desperdicio excederse. Esperaría su tiempo con él. Además, ella tenía su corazón puesto en hundir sus dientes en esa bruja, Claire. El solo pensarlo la ponía toda hambrienta y emocionada una vez más.

Ari escuchó que la puerta de la habitación se abría y se cerraba. Todo estuvo en silencio durante un breve período, luego la puerta se abrió y se cerró de nuevo. El siguiente sonido que escuchó fue la campana del ascensor, y momentos después escuchó que el ascensor despegaba. Se ha ido. Todo estaría despejado para salir del armario.

Abrió la puerta del armario y dejó que la mujer gorda se las arreglará sola. Después de todo, eso es lo que tenía que hacer, ¿no? Se dirigió al camarote y cerró la puerta detrás de ella. Tan pronto como entró, pudo detectar el poderoso olor a pan tostado y jugo, y ambos la hicieron vomitar. No podía creer que alguna vez hubiera comido esto antes.

Ari luego se sentó en su cama para descansar, con los ojos abiertos y su respiración trabajosa. Se quedaba sentada por un momento y observaba cómo se le escapaba la piel mientras esperaba la oportunidad perfecta para encontrarse cara a cara con Claire. Le gustaría tener a la mujer para almorzar, y Ari esperaba que Claire no se pusiera perfume. Gordita Patty casi había arruinado su comida, pero ya lo había superado.

Entonces Ari se sentó en la cama y esperó pacientemente su próxima comida.

∞

"¿Viste a Ariana? ¿Cómo está? Claire estaba sentada en una silla esperando su cita de masaje. Jason acababa de entrar y se unió a ella, tomando nota de tres bolsas de cosas que obviamente su esposa había comprado en las tiendas del barco.

Se sentó junto a ella y dijo: "No estaba en su camarote, así que dejé la tostada y el zumo. Supongo que se siente mejor estando un rato afuera". Respiró profundamente. "¿Qué compraste hoy, Claire?".

Sus ojos se iluminaron de emoción. "Oh, encontré los sujetalibros de mármol más bellos de la tienda de regalos, y le conseguí a Adam un estuche de cuero para su nuevo teléfono, y para Ari, conseguí una sudadera con un pastor alemán. También tiene los adornos de pedrería más lindos, así que creo que le encantará".

"Estoy seguro", respondió Jason secamente. "En cuanto a Ari, espero que esté bien. Parece extraño que no haya venido con nosotros esta mañana. Pensarías que vendría a vernos a uno de nosotros primero y comprobar cómo se siente, ¿no?"

"Bueno", respondió Claire, "estoy segura de que está comiendo en alguna parte, o tal vez ha encontrado a su hermano y los dos están en la piscina". ¿Quién sabe? Puedo decirte con seguridad que la niña no vendrá a buscarme a mí. Te prefiere a ti. Creo que nosotros, como adultos, podemos admitir eso, ¿verdad?"

Jason asintió y agitó su mano con impaciencia. "Me gustaría creer puedes mostrar un poco más de interés por nuestra hija menor, incluso aunque sea una de las cosas por las que nunca tuvimos que preocuparnos demasiado".

Apareció una mujer afroamericana con largas rastas. "¿Jason y Claire Harrington?". Ella estaba sonriendo alegremente, y parecía muy amigable.

"Somos nosotros", dijo Claire mientras se levantaba. "¿Puedo poner mis bolsas detrás del mostrador o en otro lugar seguro?".

La masajista tomó las bolsas. "Me ocuparé de ellas", dijo con una sonrisa. "¡Ahora síganme por favor, ambos están a punto de conocer el verdadero placer!"

Jason miró a Claire y sonrió. Seguro que podría relajarse un poco. Apartó de su mente sus pensamientos sobre su hija enferma y siguió a la masajista hasta la parte de atrás.

Esto era justo lo que ambos necesitaban.

∞

Adam descansaba en una balsa en la piscina. Sostuvo su teléfono frente a él mientras jugaba un juego que había descargado, y escuchó los efectos de sonido a través de un par de auriculares negros.

En ese momento, su walkie-talkie comenzó a hacerse eco de una fuerte estática, y la voz de su hermana se abrió paso, interrumpiendo su juego y rompiendo su concentración. El hecho de que fuera su hermana lo enojó aún más. La enana sabía que no debía molestarlo a menos que fuera una situación de vida o muerte. Las posibilidades de que ella interrumpiera sus juegos siempre eran altas, y le iba a dar su merecido por hacerlo esta vez. Arrugó los ojos al ver el walkie-talkie posado junto a él en su toalla. Sí, iba a tener que hablar seriamente con Ari, eso era seguro.

"¿Qué diablos quieres?". Le preguntó. "Acabas de interrumpir mi juego. Será mejor que desees no haberme molestado demasiado. ¡Creo que hemos tenido esta conversación una y otra vez!

Ari respondió: "Necesito que me traigas algo para... beber. Me siento mal del estómago, Adam".

"Ve a buscarla tú misma, mocosa. Todo lo que tienes que hacer es llamar al servicio de habitaciones", le dijo su hermano y se preparó para colgar.

Ella gruñó en el teléfono, "Si no lo haces, le diré a papá, y él tomará tu nuevo teléfono y juegos, lo prometo. No tengo ganas de esperar media hora o más a que alguien me traiga una bebida. Tengo sed ahora".

Adam entrecerró los ojos; mocosa, pensó para sí mismo. "¿Tienes una rana en la garganta? ¿Por qué suenas tan graciosa?

"¡Estoy enferma, idiota! ¿Vas a ayudarme o no?

Adam se sorprendió un poco. Su hermana nunca le levantaba la voz ni decía nada bruscamente, al menos no a menudo, y nunca me gustó eso. Ella sonaba malvada, e incluso un poco...violenta. "Bien. Estaré allí en un minuto. ¿Refresco está bien?".

"Lo que sea", dijo ella, y luego colgó. Él procedió a remar hasta llegar al borde de la piscina, donde salió del agua. Se secó y llamó la atención del camarero. "¿Podrías traerme un refresco, por favor?".

"De inmediato, señor", respondió el hombre, y fue a buscar la bebida.

Más le vale que aprecie lo que hago por ella, pensó Adam. Por lo general, no aceptaba las amenazas, pero creía en sus amenazas cuando se trataba de papá. Ambos sabían que prefería a Ari, al igual que mamá prefería a Adam.

Pronto se dirigió a el camarote de su hermana, con una toalla al cuello y un refresco en la mano.

CAPÍTULO 7

La gordita Patty estaba sentada en el suelo del armario de mantenimiento en un charco de su propia sangre, que se estaba congelando rápidamente. Su cuello estaba hormigueando severamente, y se estiró para arañarlo con su mano. Había un enorme agujero en su cuello, y su mente ahora muerta no se estaba tomando bien esa situación. Parecía que estaba funcionando desde el interior de una nube.

Simplemente se estaba muriendo de inanición, y solo una cosa atraía su antojo: carne humana.

Patty puso sus manos en el piso y trató de ponerse de pie. Se elevó aproximadamente medio pie, pero cuando trató de apoyar sus pies, se resbaló en la sangre pegajosa y se cayó con fuerza sobre su trasero. Ella gruñó de frustración, luego volvió a intentarlo.

Por un momento, parecía posar sobre una capa de hielo, y daba la impresión de que nunca se levantaría. Entonces, de repente, ella se levantó. Se miró a sí misma y comenzó a reír, lo que provocó que comenzara a asfixiarse. Ella se recuperó y pensó, ¡soy una gorda estúpida!

A diferencia de Ari, Patty no le encontró sentido a limpiarse la sangre en el armario. Su esposo era el capitán del barco, por lo que nadie la cuestionaría. Podría llegar a su alojamiento a la vuelta de la esquina. Allí sí podría limpiarse, y luego iba a buscar a su marido. Él siempre sería la presa más apetitosa que ella haya probado alguna vez. No había ninguna razón para pensar que no iba a saciar su hambre.

Salió del armario y se dirigió a su gran camarote. No vio a nadie, y no le habría molestado si lo hubiera hecho. Estaba tan relajada que tarareaba una melodía mientras se arrastraba por el pasillo.

Sus músculos parecían un poco rígidos, pero aparte de eso y su hambre voraz, se sentía mejor que nunca. Su momento había llegado. Era hora de comenzar a disfrutar del hecho de vivir en un crucero.

Era hora de que Patty McElroy se divirtiera un poco.

∞

"¡Ari, abre! Es Adam, tengo tu refresco". El joven estaba parado afuera del camarote de su hermana, esperando que ella lo dejara entrar. Su pie golpeó impacientemente mientras esperaba. ¿Qué demonios le estaba tomando la pequeña mocosa tanto tiempo? "¡Vamos, Ari, abre la puerta!"

De repente, escuchó el clic de la cerradura en el otro lado. Esperó a que su hermana abriera la puerta, pero no lo hizo. "¿Hola? ¿Vas a abrir?".

"Está abierto", dijo Ari en voz baja. Apenas podía escucharla. "¿Qué es lo que estás esperando?".

Se sorprendió de que su hermana se expresara de esa manera, luego Adam giró la manija y empujó suavemente la puerta. La habitación estaba completamente oscura, y apestaba a podredumbre. Alargó la mano hacia la izquierda y apretó el interruptor de la luz. De repente, la habitación se iluminó.

Miró la cama vacía. "¿Ari?"

No había nadie en el camarote. Dejó que la puerta se cerrara detrás de él y caminó hacia el baño. Encendió esa luz, pero tampoco estaba allí.

"Deja los malditos juegos", gritó.

El baño era un desastre. Incluso había lo que parecían gotas de sangre en la losa. Adam miró la escena con la boca abierta. ¿Estaba Ari bien? ¿Dónde estaba?

Salió lentamente del baño, tratando de apagar la luz, cuando ella lo agarró por detrás. Sucedió tan rápido que Adam ni siquiera tuvo tiempo de que su mente registrara lo que estaba pasando, o incluso gritara.

Un gruñido profundo fue todo lo que escuchó y luego sintió como unos brazos estaban a su alrededor.

El refresco se le escapó de las manos y cayó al suelo, y comenzó a luchar por completo. Su atacante era muy fuerte, y cuanto más luchaba, más débil se ponía.

De repente, Ari le clavó los dientes en la mejilla. Adam gritó tan fuerte como pudo, pataleando y agitando los brazos, pero no era rival. Su mente no podía entender lo que estaba pasando, y se fue por completo de la realidad cuando los dientes se hundieron en su cuello.

Ari le arrancó la carne de la garganta y lo soltó, dejándolo caer al suelo junto al refresco. Se quedó mordisqueando un gran colgajo de su piel, y él la miró en estado de shock mientras se llevaba la mano al cuello. La sangre bombeaba desde el agujero con toda su fuerza, y Adam sabía con certeza que iba a morir. ¡Iba a morir a manos de su hermana de doce años! Estaba completamente conmocionado mientras sangraba en el piso del camarote.

Ari se dirigió hacia él mientras la miraba con la boca abierta. Estaba moviendo los labios como para hablar, pero no se escuchaba ningún sonido. Se arrodilló en el suelo junto a él, sonriendo, y movió la boca hasta la cuenca de su ojo. Mordió con fuerza, levantando el globo ocular al instante.

Fue maravilloso. Tenía una textura agradable y firme y estaba lleno de sabor. Lo disfrutaba, saboreándolo con los ojos cerrados. Celestial, ¡simplemente celestial!

Adam había dejado de moverse por completo ahora. Estaba tendido en el piso ensangrentado mirando a través del ojo que le quedaba. Ari se permitió otra mordida y luego se sentó contra la pared para masticarla. Sabía que en breve volvería a despertarse, y pensó que era mejor si era la primera persona que su hermano viera cuando vuelva en sí. No quería dejarlo solo.

Después de todo, era su hermano.

R.W.K. Clark

CAPÍTULO 8

Bruce West se sentó en su escritorio en las instalaciones de pruebas de BioSearch en Belice. Se había mudado aquí con el Dr. Jonathan Anson y el resto del equipo cuando los experimentos que estaban llevando a cabo, que habían sido prohibidos en los Estados Unidos, casi fueron descubiertos. Había demostrado ser un buen movimiento. La semana pasada se encontraron con un gran avance en la vida después de la muerte, y solo se necesitaron unas mil ratas para ver resultados reales y tangibles.

El Dr. Anson había comenzado la fase de prueba real casi inmediatamente después del traslado a Belice. Consistía en inyectar a las ratas el suero que había creado una vez cada dos días. Tanto Bruce como el médico pasaron todos sus momentos de vigilia monitoreando y grabando notas. Sin embargo, realmente no había ocurrido un cambio significativo como para grabar en los primeros días. Las ratas siempre terminaban muriendo antes de que finalizara la primera semana.

Algunos consideraban que su jefe, el Dr. Anson, era un loco. A su manera, Bruce también lo creía. Pero nada de eso realmente importaba. Lo que sí importaba era el alto nivel de consecuencias que Bruce sospechaba que todos iban a pagar por sus experimentos.

El Dr. Anson teorizó que la alteración de una cadena de ADN específica daría lugar a la inmortalidad. Habían intentado y fracasado innumerables veces, lo que sirvió para convertir la teoría de Anson en una obsesión. Hace solo unos días, Bruce había expulsado a un lote de ratas del fracaso final.

Esa noche, el Dr. Anson salió del laboratorio con furia y frustración. Había estado lloviendo torrencialmente, y Bruce había implorado al médico que no se fuera hasta que la tormenta cesara, pero el médico lo ignoró, enfurecido por el laboratorio reuniendo sus notas, su computadora portátil y otros artículos esenciales que necesitaría para trabajar en casa.

Bruce había decidido quedarse. Tal vez revisando los registros del último lote de pruebas, se le prende el bombillo. Ciertamente estaría a su favor hacer feliz al médico nuevamente, así que se sumergió en los estudios y comenzó a revisar sus notas.

Alrededor de la medianoche, esa misma tarde, el teléfono había sonado, lo cual era muy inusual. Lo había respondido pensando que sería Anson, pero para su sorpresa, había sido la policía. Según ellos, el Dr. Anson nunca había llegado a casa.

Le dijeron a Bruce que el vehículo de Anson había caído por un precipicio. El acantilado no era enorme, pero Anson sufrió una caída lo suficientemente grande como para lastimarlo terriblemente. La policía le dijo que un trozo de papel en la billetera del médico les había proporcionado el número y el nombre de Bruce; al parecer, el doctor Anson lo había convertido en una especie de contacto de emergencia, ¿y por qué no? Los dos estaban aquí solos sin familia. La esposa de Anson lo había dejado cuando anunció sus planes de llevar el estudio a Belice.

Entonces, el Dr. Anson estaba conectado a máquinas en el hospital. Estaba en un estado de coma profundo, y todos los médicos le recomendaron desconectarse. Bruce no estuvo de acuerdo; pensó que sería mejor intentar contactar a la verdadera familia de Anson, y así lo hizo, pero fue en vano. Dejó mensajes, pero no recibió llamadas, y la esposa de Anson básicamente le dijo que no.

Su intención era darle dos semanas más. Si la condición de Anson no había cambiado para entonces, él firmaría los papeles y los dejaría desconectarlo. Pero por ahora prefería esperar. Después de todo, las cosas definitivamente habían cambiado en lo que respecta al estudio.

∞

El lote actual de ratas era violento y no morirían para siempre. Bruce sabía las implicaciones, pero el Dr. Anson nunca había creado una antídoto. Si lo habia hecho, Bruce no sabía nada de eso. El hecho de saber que estaba dando con el resultado respecto a los estudios que habían estado haciendo lo aterrorizaba. Él era solo un pequeño ayudante. No tenía el conocimiento o la experiencia para rectificar cualquier error. No sabía cómo detener lo que habían comenzado.

El verdadero problema, sin embargo, estaba en el hecho de que el lote actual de ratas, el lote después de los que habían desechado, terminó muriendo. Pero en solo minutos, todas volvieron a la vida. Había sido muy, muy emocionante.

El caso es que algo andaba mal con ellas.

Eran violentas, y se volvieron caníbales, comiéndose unas a otras. Cada vez que una se comía a otra, el cadáver destrozado se levantaba de nuevo. No importaba que ya no tuvieran pelaje o piel. No importaba si les faltaban extremidades. Los monstruos volvían de todos modos, perpetuando la situación una y otra vez.

Ahora Bruce estaba sentado en su escritorio en el laboratorio observando a una rata que había sido asesinada dos veces por las otras ratas. Le estaba tomando un tiempo pero seguramente volvería... otra vez. El miedo corrió por las venas de Bruce e hizo que le temblaran los brazos y las piernas.

Menos mal que el Dr. Anson estaba en el hospital. Si hubiera sabido de esto, habría comenzado a probar animales más grandes, tal vez incluso sujetos humanos. De eso Bruce estaba seguro, por eso estaba agradecido de que Anson estuviera ausente.

Bruce West estaba completamente convencido de que su mentor no era más que un loco. Sí, Bruce creía en sus estudios, pero no estaba de acuerdo con la teoría de Anson de que los estudios deberían completarse a cualquier costo. Anson consideraba que el hecho de que personas murieran por esa causa era más que aceptable, y que, al final, esa fue la razón por la que tuvieron que trasladar el estudio a Belice.

Anson incluso tenía planes de comenzar a experimentar con los vagabundos locales una vez que el suero comenzara a mostrarse prometedor. Había estado observando a cada persona sin hogar y adicto a las drogas que encontraba, pero afortunadamente, nunca tuvo la oportunidad de comenzar esas pruebas. Bruce no pudo evitar estar agradecido por ese hecho.

Ahora el ciclo estaba en pleno desarrollo. Las ratas se comen unas a otras, luego mueren, luego vuelven a la vida y vuelven a empezar. No sabía qué hacer, excepto mantenerlas contenidas y permitir que continuara.

Pero supuestamente Anson era el único que sabía cómo detener el ciclo, y Bruce ni siquiera estaba seguro de que fuera cierto. No creía que Anson esperara tal éxito, y no había nada en sus notas o registros que ayudara a Bruce a detenerlo. Bruce había buscado, una y otra vez, una y otra vez, sin resultados satisfactorios. No podía hacer nada, y las ratas seguían viviendo, y viviendo... y viviendo.

∞

Bruce se paró con su taza de café y salió del laboratorio. Necesitaba una recarga de cafeína urgente. Tenía que tratar de descubrir cómo detener todo esto. Había algo antinatural en el asunto. Algo malo.

Mientras servía su café, pensó en el último ciclo de ratas que habían muerto antes del gran 'avance'. Los que él arrojaba en la basura. Les habían inyectado el genoma que altera el ADN, como de costumbre. Inmediatamente, dos de las diez ratas en la prueba murieron. Pero las otras ocho, habían comenzado a... cambiar. Primero los ojos se les tornaron negros. Luego, trozos de pelaje se habían ido desprendiendo. En ese momento, murieron cuatro más y sus muertes fueron muy gráficas. Cuando Bruce entró al laboratorio al día siguiente, encontró a las cuatro ratas muertas con sangre y mucosidad saliendo de cada orificio en sus cuerpos.

Ahora solo quedaban cuatro, y la siguiente etapa de su 'transformación' consistía en venas que se oscurecían bajo su piel, que se habían vuelto de un color como grisáceo. Tres más murieron esa misma noche, quedando solo una. Los ojos de esa rata se pusieron blancos como la leche y se volvió terriblemente violenta. Había un espejo en su jaula, y la rata se había tropezado con él y había gruñido, comenzó a golpearse contra el espejo literalmente hasta la muerte.

Bruce se había deshecho de todas las ratas muertas en una bolsa de plástico anudada justo antes de que empezara la tormenta, y cuando las sacó, se había fijado en el perro. El mismo perro callejero que había estado pasando el rato en el callejón lateral durante semanas. El perro, en sí mismo, no le importaba para nada al ayudante de laboratorio.

No, sus preocupaciones comenzaron con el lote actual de ratas de prueba, las que habían sobrevivido.

Las que aún sobrevivían, incluso a través de la muerte, una y otra vez.

Tomó su café y caminó de regreso al laboratorio. Deslizó su pulgar sobre el panel de acceso y la puerta se abrió con un susurro. Fue entonces cuando escuchó los agudos gritos provenientes de la jaula de las ratas.

Bruce puso su café en el escritorio y rápidamente caminó hacia la jaula. Todavía había diez ratas, pero ya no parecían ratas. Se habían comido entre ellas y habían muerto para luego resucitar tantas veces que parecían nada más que bolas de hamburguesa sin procesar con ojos lechosos y esporádicos mechones de pelo. Su estómago se revolvió por completo al ver aquello.

Bruce estaba horrorizado, pero el show debe continuar, según el Dr. Anson. Ahora Bruce sabía que debía tratar de hacer algo, cualquier cosa, para poner fin a esta locura. El problema seguía siendo que simplemente no sabía cómo detener la pesadilla que habían comenzado. Solo el Dr. Jonathan Anson lo sabía, y obviamente en ese momento el doctor no podía hablar.

Esto era algo que sabía que no terminaría, al menos no de la mejor manera. Nada que muriera una y otra vez y luego volviera a la vida podría ser 'positivo'. Su úlcera ardía de preocupación, y su mente dolía con asombro. Ya había revisado todos los archivos de Anson, y no había remedio, ni antídoto, para lo que estaba pasando.

Para ser honesto, estaba convencido en este punto de que el Dr. Anson nunca creyó que sus teorías pudieran probarse. El hombre parecía estar haciendo nada más que... jugando al científico loco, jugando a ser Dios. Bruce West se aclaró la garganta para evitar los vómitos, respiró hondo y regresó a la computadora en su escritorio.

Se sentó y sacó su programa de correo electrónico. A continuación, le envía un correo electrónico a los Centros para el Control de Enfermedades de los Estados Unidos (CDC, por sus siglas en inglés). Él escribió lo siguiente:

A quien corresponda:

Mi nombre es Bruce West. Soy asistente de laboratorio del Dr. Jonathan Anson, quien originalmente comenzó experimentos científicos en relación a la vida después de la muerte en los últimos años, dichos experimentos, hasta los últimos seis u ocho meses, han sido financiados por el gobierno de los Estados Unidos. Después de que se descubrió que nuestra investigación era perjudicial, el Dr. Anson trasladó el proyecto aquí, a Belice, donde la ley le permitiría llevar a cabo una experimentación que se aplicara a sus teorías.

El motivo de mi carta es mi gran preocupación.

El Dr. Anson sufrió recientemente un terrible accidente automovilístico, e inmediatamente después los sueros que había estado probando comenzaron a afianzarse. Si bien esto puede ser una gran noticia para el avance científico, también debo informarle que ha resultado en una fuerza de vida imparable que no tengo ni idea de cómo controlar. El Dr. Anson no me dejó remedio al problema. No estoy seguro de que él considerara que su investigación fuera efectiva y, por lo tanto, se omitió un remedio.

En la actualidad, nuestros sujetos de laboratorio han roto los límites de la vida, y al ser incapaces de controlar el resultado, tengo mucho miedo de las consecuencias. Por favor, póngase en contacto conmigo al a mayor brevedad posible para discutir la situación.

Con cariño,

Bruce West, BioSearch

Bruce se aseguró de que su dirección principal, correo electrónico y número de teléfono se incluyeran en la información del encabezado. Todo lo que podía hacer ahora era enviar y esperar.

∞

Claire Harrington gimió ante el toque de su masajista. Su marido estaba en la mesa junto a ella, pero eso no le impedía emitir fuertes ruidos de placer. Pensó que sus sonidos se reflejarían en su falta de atención sexual, y la idea de su desgracia y vergüenza la hizo sonreír.

Cuando terminaron, los dos decidieron almorzar un poco antes.

"Voy a echarle un vistazo a Ari", dijo Jason. "Tal vez quiera unirse a nosotros. ¿Buscas a Adam? Debe estar en la piscina".

Claire estuvo de acuerdo, y los dos se separaron. Cuando Jason llegó al camarote de Ariana, se preguntó con asombro. ¿Qué había en todo el piso al final del pasillo? Miró hacia el camarote de su hija por un momento, luego se alejó y fue a ver el desastre. No podía estar seguro, pero desde donde estaba, parecía sangre, y en grandes cantidades.

Lentamente se acercó y pronto lo vio claramente: Sí, había sangre. ¡Hasta parecía un poco de tejido! Jason se atragantó y retrocedió unos pasos. ¡Parecía como si alguien hubiera sido asesinado! Buscó a alguien, a cualquiera, pero el salón estaba desierto. Ahora se volvió y corrió de vuelta al camarote de Ari. Trató girar la manilla, pero la habitación estaba cerrada con seguro. Jason comenzó a golpearla.

"¡Ari!", gritó. "Ari, si estás ahí, ¡tienes que dejarme entrar ahora mismo!".

No hubo respuesta, solo silencio al otro lado de la puerta.

Acercó la oreja a la puerta y escuchó, pero nada. Después de otro momento, volvió al ascensor. Tenía que ir a buscar a uno de los empleados del barco. Necesitaba ponerlos al tanto de lo que había visto.

∞

Claire buscó a Adam por toda la cubierta, pero no estaba por ningún lado. Probablemente ni siquiera estaba en la cubierta para empezar. A veces Jason podía ser tan flojo, especialmente cuando se trataba de los niños. Sacudió su cabeza con disgusto y se fue por las escaleras donde continuó su búsqueda. Nada de Adam allí tampoco.

Planearon almorzar en el restaurante. Buscaría en el camarote de Adam. Si no lo encontraba allí, dejaría de buscar e iría al restaurante a encontrarse con su esposo e hija. Si Adán tuviera hambre, se acercaría allá, o tendría algo para comer solo. Tenía quince años, después de todo.

Claire llamó a la puerta de Adam pero no obtuvo respuesta. Se encogió de hombros y volteó sus ojos. A veces estos niños realmente la sacaban de sus casillas. Decidió parar en su camarote y agarrar una chaqueta ligera ya que estaba allí. La brisa del mar le resecaba la piel.

Abrió la puerta de su camarote y entró. La chaqueta que quería estaba puesta en el espaldar de una silla. Se quitó la envoltura que cargaba y se colocó la chaqueta. Fue entonces cuando oyó sonar el inodoro en el baño.

Claire se giró y miró hacia la puerta del baño. "¿Jason?".

Ahora algo chocó contra el piso. "Jason, ¿qué estás haciendo? Estoy muerta de hambre. Ella se acercó y giró el mango. De repente, la puerta se abrió de golpe, y antes de que supiera lo que estaba pasando, la estaban metiendo en el baño a la fuerza.

Las luces del baño estaban apagadas, pero la luz del sol que daba hacia el camarote principal le proporcionaba la luz suficiente para ver. Era Adam. Estaba cubierto de sangre y uno de sus ojos había desaparecido de su cuenca. Parecía salido de una terrible pesadilla, y toda la situación le parecía surrealista. Claire inmediatamente entró en estado de shock y comenzó a gritar.

"No te preocupes, madre", Adam gorgoteó mientras se aferraba a su cuerpo retorciéndose. "Muy pronto, tendrás mucho para comer". La atrajo hacia sí y la mordió con fuerza en el hombro. Ella gritó de dolor y sorpresa, sollozos escapaban de su boca, y comenzó a pelear como pudo, pero no era rival para la fuerza de Adam.

"¡Adam! ¡No!"

Rasgó la carne de su hombro, luego su brazo. Claire lo vio masticar mientras la sangre corría hasta su muñeca y al piso. Dejó de masticar de repente y la miró a los ojos.

"Qué sabroso", dijo, luego Adam se le lanzó encima y le mordió profundamente el cuello, cortando su yugular. Ella inmediatamente se desmayó.

Adam dejó que su madre cayera al suelo mientras él terminaba de masticar la bocanada de carne que acababa de robarle. Luego encendió la luz del baño y se sentó a su lado para comer un poco más antes de que despertara y se uniera a él. Apenas se había puesto cómodo cuando la cortina de la ducha se abrió y su hermana salió a probar a su madre.

No podían esperar a que su padre llegara.

CAPÍTULO 9

El capitán James McElroy salió de la sala de control después de reunirse con dos de sus hombres. Estaba listo para almorzar, y planeaba encontrarse con su esposa en el buffet. Ahora que el crucero estaba en pleno apogeo, podría comenzar a relajarse un poco. Los primeros días eran siempre los más exigentes. Los pasajeros tenían que instalarse, y la tripulación tenía que seguir su curso, pero ahora todo parecía "tranquilo", por falta de un término mejor.

Se montó en el ascensor y luego se dirigió al buffet, saludando a todos los que pasaban con un asentimiento y una sonrisa. Estaba de buen humor. El día era hermoso y claro, y todos parecían estar pasándola bien. El Capitán McElroy estaba contento.

"Hola, Esther", saludó a la anfitriona del buffet. "¿Cómo van las cosas hoy?".

La chica le mostró una gran sonrisa. "Excelente, señor", respondió ella. "¿Usted y la señora tendrán su mesa habitual hoy?".

"Por supuesto. ¿Patty no está aquí todavía?".

Esther negó con la cabeza, todavía con una sonrisa en su rostro. "No, pero estoy segura de que vendrá pronto". Empezó a llevar al capitán a la mesa de siempre y pensó para sí misma, ¿te parece que tu mujer se perdería alguna comida? El peso de la mujer era una broma entre la tripulación del barco.

Mientras se sentaba, Esther preguntó: "¿Las bebidas habituales, señor?"

"Sí, gracias", respondió. Siempre tomaba una cerveza dorada oscura con su comida, y la señora bebía vino tinto.

Ella se fue a ordenar las bebidas, y el capitán mantuvo sus ojos puestos en la puerta. Miró su reloj; había llegado un par de minutos tarde, y por lo general ella ya estaba aquí cuando él llegaba. Hoy estaba ocurriendo algo ciertamente fuera de lo común. Sabía que tenía que volver al trabajo. Decidió llenar un plato en el buffet y comenzar sin ella. Seguro llegaría pronto.

El Capitán McElroy eligió costillas en rodajas, una papa al horno y una ensalada verde. Pensó que para cuando volviera a la mesa, Patty estaría allí, pero las únicas cosas que habían llegado eran las bebidas. Dejó su plato y miró alrededor del comedor, pero no había rastro de Patty.

Se sentó y comenzó a comer, pero descubrió que estaba ansioso. El capitán y su esposa eran criaturas de hábitos, y rara vez se desviaban de su rutina. Estaba empezando a preocuparse. Ella no se había comunicado con él para decirle que llegaría tarde. ¿Dónde podría estar?

Terminó de comer, pero decidió no comer postre. Tenía el tiempo justo para llegar a su camarote y ver cómo estaba su esposa, y eso fue lo que eligió hacer. Bebió su cerveza y volvió a acercarse a Esther.

"No estoy seguro de dónde está Patty", comenzó. "Iré a nuestro camarote para ver si puedo encontrarla. Si ella entra, ¿le harás saber que lamento no haberla esperado?"

Esa deslumbrante sonrisa otra vez. "¡Por supuesto, señor!"

Con eso, se dirigió al ascensor. Tal vez se había sentido algo enferma y se había quedado dormida llamándolo. Eso podría ser. Solo necesitaba estar seguro para no preocuparse demás.

Se montó en el ascensor, tarareando.

∞

"Estoy bastante seguro de que alguien tuvo un accidente o algo así", estaba diciendo Jason. Había encontrado una azafata y juntos se fueron por las escaleras hacia el corredor.

Mientras se acercaban al desorden, la mujer respiró bruscamente. "Dios mío", dijo ella. "Diría que alguien está gravemente herido. Me pondré en contacto con el médico del barco y el capitán". Abrió la puerta del armario de mantenimiento para buscar señales de 'piso mojado' para colocarlas alrededor de la sangre. Tan pronto como se abrió la puerta, gritó.

Jason corrió hacia ella. "¿Qué pasa?".

Ella tenía su mano sobre la boca y estaba temblando severamente. La sangre estaba en todas partes, y parecía que alguien había estado... chapoteando en ella.

Tomó a la mujer del brazo y la alejó del armario. "Ve a buscar al médico del barco, y yo conseguiré al capitán, ¿está bien?". Ella no le respondió, sin embargo. Ella solo lo miró sorprendida y aun con la mano puesta en la boca.

Jason la sacudió. "¿Me oyes? ¡Ve a buscar al médico del barco!"

Salió entonces, y corrió hacia el elevador con sus bajos tacones. Jason estaba justo detrás. Algo terrible había sucedido en la cubierta, y quería asegurarse de que no había alguien muerto en el camarote o un asesino en serie a bordo.

Se alejaron por separado del ascensor y Jason vio a un oficial de cubierta con un portapapeles junto a la barandilla al final del pasillo. Comenzó a caminar hacia él rápidamente, y finalmente comenzó a correr. "Disculpe", gritó, agitando su brazo. "¡Hey! ¡Disculpe!"

El oficial de cubierta levantó la vista, sorprendido por el hombre. Él comenzó a caminar hacia Jason.

"¿En qué puedo ayudarte?", preguntó cuándo se encontraron.

Jason se detuvo, jadeando. "Ha habido algún tipo de accidente", comenzó, acelerando su respiración. "Hay sangre por todos lados".

El oficial de cubierta, cuya etiqueta decía "Oliver", miró a Jason con los ojos entrecerrados mientras intentaba darle sentido a sus palabras. "¿Quién está herido?".

"No lo sé", respondió Jason. "No hay nadie alrededor, pero el corredor es un desastre sangriento, y en el armario de mantenimiento parece que alguien fue asesinado".

Logró que su respiración se calmara un poco y continuó. "Fui con una de las azafatas para ver. Ella fue a buscar al médico y yo estoy tratando de encontrar al capitán. ¿Puedes decirme dónde encontrarlo?".

"Ven conmigo", dijo Oliver. "Debería estar en la sala de navegación o en su oficina". Echó un vistazo a su reloj. "Ya pasó la hora del almuerzo, así que estoy seguro de que está en uno de esos dos lugares".

Oliver llevó a Jason al puente de control del barco. El capitán no estaba allí, y tampoco estaba en su oficina.

Ninguno de los presentes de la tripulación sabía dónde estaba.

"Te diré algo", comenzó el oficial de cubierta. "Llévame al lugar del desastre. Si alguien ha resultado herido, debemos encontrarlo. Con suerte, la azafata con la que hablaste habrá encontrado a alguien. Tal vez la persona herida ya ha sido vista por el médico".

Cuando llegaron al lugar, la azafata y el médico del barco ya estaban allí, y estaban mirando toda la sangre con la boca abierta.

"¿Has tratado a alguien cuyas lesiones podrían haber hecho este lío?", le preguntó Oliver.

Sacudió la cabeza. "Nadie. ¿El capitán ha sido notificado?"

"No sabemos dónde está", dijo Jason.

La azafata salió de su trance. "¿Informo al personal de mantenimiento para limpiar esto?"

"¡No!", dijo el doctor severamente. "Necesitamos bloquear este corredor y dejar que los que residen en las camarotes aquí sepan que estará fuera de acceso por un tiempo. Conseguiré al capitán. No hagas nada hasta que él lo vea y decida qué hacer".

"Mi camarote está justo allí", dijo Jason. "Voy a buscar a mi esposa e hijos y luego nos quedaremos en una de las piscinas hasta que tengas todo despejado".

El doctor, la azafata y el oficial de cubierta subieron al ascensor junto, y Jason fue a su camarote. Abrió la puerta para ver a Claire sentada en el tocador de espaldas a él. ¿De verdad estaba sentada y se estaba arreglando otra vez? Pensó disgustado.

"Claire, ¿encontraste a Adam?", preguntó

Su respuesta fue baja y gutural. "¡Oh, sí!"

"Entonces, ¿por qué no estás en el restaurante? Hay un montón de sangre en el pasillo, y todos tendremos que irnos de este nivel", se miró la parte posterior de la cabeza y golpeó el pie con frustración. "Voy a buscar a Ari".

"Ari ya no está enferma", dijo Claire, con la voz ligera y aireada, como si no tuviera ningún tipo de preocupación por el mundo. ¡Cielos! Es la peor madre del mundo, pensó Jason.

Jason observó detenidamente. Ella no había movido un músculo a excepción de su boca desde que entró. Estaba sentada rígidamente ante el espejo.

"Claire, ¿estás bien?".

Ella hizo un sonido como si estuviera tratando de aclarar su garganta. "Maravillosa, cariño". Extendió la mano y apagó la luz del tocador. Era la única luz encendida en la habitación, y las pesadas cortinas estaban cerradas. "Solo quiero un besito, luego iré a buscar a Adam".

"Mira, de verdad que no..."

"Por favor, Jason", insistió Claire. "Solo un beso".

Él dejó escapar un suspiro de frustración. "Bien, pero necesitamos irnos".

Se acercó a ella en la oscuridad y puso ambas manos sobre sus hombros. Entonces Jason se inclinó para besarla. Sus labios se encontraron. El beso fue breve.

"¡Estás helada, Claire!". Jason dijo. "Y tu chaqueta está toda mojada. ¿Qué diablos sucede?".

En ese momento, ella se lanzó hacia él y atrapó sus labios con los dientes. Los mordió como si fueran mantequilla y se los arrancó de la cara. Jason gritó y se tambaleó hacia atrás, extendiendo la mano hacia la silla para calmarse.

La luz volvió a encenderse en ese momento, y Claire se volvió para mirarlo. Los ojos de Jason se agrandaron. Su cara estaba mordisqueada, y su cuello estaba hecho trizas. Él estaba aturdido.

"Claire, ¿qué diablos pasó? ¿Qué diablos está? Estaba confundido, y parecía que todo lo ocurrido era un sueño moviéndose en cámara lenta. "¿Dónde están los niños?". Sus palabras no tenían sentido, se escabullían terriblemente sin sus labios.

Ella se puso de pie y comenzó a caminar hacia él, con el cuerpo estremeciéndose y sacudiéndose con el esfuerzo. "Están almorzando", dijo con media sonrisa. "Estoy lista para el mío".

Jason extendió su mano para ayudar a estabilizarla, mirando su semblante destrozado. Su esposa tomó la mano y se arrastró hacia él, y como un destello le saltó encima, haciéndolo perder el equilibrio en la silla. Estaba sobre él entonces, mordiendo y masticando, mordiendo y masticando. Jason estaba tan conmocionado que ni siquiera podía gritar. Trató de golpearla con sus manos, pero era inútil.

El último pensamiento consciente que tuvo cuando lo mordió en el cuello fue, "Guau, tiene una fuerza increíble en los dientes..."

Y las luces se apagaron para Jason Harrington.

R.W.K. Clark

CAPÍTULO 10

El capitán McElroy se dirigía a su camarote para encontrar a su esposa cuando el médico del barco lo alcanzó.

"Capitán McElroy", comenzó el hombre, su voz urgente. "Parece que hemos tenido un incidente en uno de los corredores. Necesito que venga conmigo, por favor, señor".

"¿Qué tipo de incidente?", preguntó el capitán mientras comenzaba a seguir al doctor hacia el ascensor.

"Realmente no estoy seguro", respondió. "Hay mucha sangre en todo el pasillo y en el armario de mantenimiento, pero nadie ha acudido a mí en busca de tratamiento. Quien haya sangrado tanto es muy probable que muera, pero no hay nadie".

Los dos hombres llegaron a la cubierta y bajaron del ascensor. Comenzaron a caminar por el pasillo hacia el desorden, pero el capitán lo vio mientras todavía estaban a una buena distancia.

"Oh, no, ¿qué pasó aquí?". El capitán caminó hacia el armario de mantenimiento y lo abrió ligeramente, con un gesto de gran impresión. "Estoy de acuerdo contigo. Quien haya sangrado tanto tiene que estar muerto".

El doctor cruzó los brazos sobre su pecho. "¿Qué debemos hacer?".

"Haré que alguien venga a limpiar", comenzó. "No podemos permitir que los pasajeros vean esto. El pánico se desatará".

Encendió su radio y pidió a mantenimiento venir al sitio, luego volvió su atención al médico. "Junta a todos los camareros y azafatas. Tendremos que ir de habitación en habitación, uno a la vez, hasta que descubramos a quién pertenece esta sangre. Si tenemos un cadáver en alguna parte, tenemos que encontrarlo".

"Notificaré a los oficiales de cubierta y les pediré que reúnan a los delegados de inmediato", respondió el médico. Dejó al capitán y subió al ascensor para hablar con los oficiales de cubierta.

El capitán se quedó allí mirando alrededor. Era todo lo que podía hacer para negar con el cabeza, consternado. Esperaba que no hubiera nadie muerto a bordo, pero estaba seguro de que no era como él deseaba.

Esperó allí hasta que llegó el mantenimiento, y procedió a dirigirlos para limpiar el desastre hasta que estuviera impecable. Luego esperó a que llegasen los oficiales de la cubierta y los delegados, lo cual hicieron sin inconvenientes.

"Quiero que todos ustedes se dividan en tres grupos", comenzó. "Cada grupo tomará un nivel y tocarán todas las puertas que haya. Entrarán en cada habitación a bordo, en cada armario. No dejes piedra sin remover. Alguien en este barco está gravemente herido o muerto. Encuéntrelos, y no mencionen nada a ninguno de los pasajeros, salvo para preguntar si alguien ha resultado herido. ¿Entendido?".

Todos asintieron con la cabeza, y muchos 'sí señor' hicieron eco en su dirección. Con eso el Capitán McElroy se dirigió a su habitación. Tenía que encontrar a Patty y hacerle saber lo que había sucedido.

Llegó a su alojamiento rápidamente y usó su tarjeta de acceso para entrar. La habitación estaba bien iluminada por la luz del sol que entraba por las ventanas. Él se levantó y miró alrededor de la habitación.

"¿Patty?", dijo en voz alta, pero solo hubo silencio. Sacudió su cabeza y se dio vuelta para irse. Estaba Patty, ensangrentada y devastada, con un hacha levantada sobre su cabeza. "¿Qué diablos estás haciendo?"

Patty sonrió y burbujas de sangre salieron de su boca mientras ella gorjeaba algo que él no entendía. De repente, el arma cayó fuerte. Patty le enterró el hacha a James justo donde se unía el hombro y el cuello, hasta la empuñadura.

James McElroy gritó y cayó al piso. Patty luchó torpemente para quitar el hacha de su cuerpo, pero fue en vano. Estaba atascada. Ella miró toda la sangre salir de un ojo blanco lechoso y sonrió. Luego se inclinó y comenzó a cenar en el cuerpo inmóvil del capitán.

"No te preocupes, cariño", Patty gorgoteó entre bocados. "Te sentirás como nunca antes muy pronto".

Continuó comiendo.

∞

Adam y Ariana se habían complacido con carne de su madre, luego se separaron. Ari había querido a su padre para ella, pero mamá había llegado primero a él, así que fue a buscar su próxima comida a otro lugar. No importa cuánto comieran, el hambre no desaparecía. Era una misión constante.

Adam había empezado a caminar por los pasillos. Tenía una sudadera con capucha puesta, la misma la usaba para ocultar su rostro. No quería asustar a su propia cena.

Sin embargo, la mayoría de los pasajeros disfrutaban de las comodidades del barco, y los corredores estaban bastante desolados. Ese hecho dificultaba encontrar comida, pero también hacía que al atraparla fuera mucho más simple comerla.

Se tambaleó arriba y abajo por los pasillos. De repente, una linda chica rubia de su misma edad apareció a la vuelta de la esquina. Ella lo vio y dijo: "¡Hola!"

"Hola", respondió Adam en voz baja y áspera. Él la miró mientras luchaba con la llave de su camarote.

Ella se volvió hacia él y se rió, avergonzada. "La llave nunca funcionó bien desde que llegamos. Tiene un pequeño truco..."

"Déjame ayudarte", dijo Adam, manteniendo su cabeza baja para que ella no viera su cuenca abierta.

Ella se rió una vez más. "Gracias". Luego le entregó la tarjeta y dio un paso atrás para darle espacio.

En segundos, Adam abrió la puerta y la chica entró en su camarote. Ella se giró para agradecerle, y de repente él la atacó. Ella voló hacia atrás en la habitación, aterrizando en el piso. Sus ojos se cerraron contra el dolor del viento que la golpeó, luego los abrió.

El chico encima de ella estaba ensangrentado y desgarrado, y le sonreía mostrándole su único ojo.

Ella gritó.

∞

El Capitán McElroy había llegado bastante rápido después de que Patty terminara con él. Le dolía un poco la cabeza, pero aparte de eso, se sentía como si estuviera en la cima del mundo. Sentía que podía comerse un caballo, pero eso no era lo que le atraía en ese momento. Quería sangre, sangre fresca y en mucha cantidad.

Dejó su habitación y tomó un pasillo de servicio. Parecía que sabía lo que estaba haciendo de una forma bastante intuitiva e inconsciente. Quería alimentarse, y quería que todos los demás en el barco se unieran a él. Sintió un extraño impulso de hundir los dientes en la mayor cantidad de personas que abordaban el barco, aunque en su mente racional no sabía por qué. Lo que sí sabía era que se dirigía al puente de control, donde tenía la intención de arrancar a mordiscos el sistema de radio.

Sabía que era vital cortar todo contacto con la tierra. De lo contrario, lo único que las personas querrían hacer era matarlo, y él no sentía la necesidad de morir en absoluto. Quería comandar su barco de la forma que él creyera conveniente, sin obstáculos.

Estaba a unos tres metros de la puerta del puente cuando se abrió. El Capitán McElroy se hizo a un lado y se escondió en un pequeño armario. Oyó la risa de Brice Cummings, el médico del barco y una mujer. Estaban hablando de alguien herido en otro corredor. Su conversación lo hizo sonreír.

Cuando se fueron, McElroy salió de su escondite y se acercó a la puerta del puente. Asió la manilla y abrió la puerta, luego entró y la cerró herméticamente.

"Hola, Capitán", dijo Charlie Mason. Era uno de los asistentes del puente, y para deleite del capitán, era el único en el puente.

Ahora volvió a alcanzar la puerta, esta vez abriendo la cerradura de la puerta. "Hola, Charlie", dijo, dándole la espalda al joven. "Todo va bien en el mar, ¿no?".

"Sí, sí", respondió Charlie. "Nada ha cambiado desde que fuiste a almorzar".

McElroy se acercó a una caja de metal con un extintor de fuego y un hacha adentro. Sin pensarlo dos veces, metió el puño en el cristal y agarró el hacha. Luego tomó una respiración profunda y se dio la vuelta.

"¿Qué diablos?", Charlie se había levantado de su silla y tenía una expresión de confusión y pánico en su rostro. Sonrió nerviosamente. "¿Hay un incendio en alguna parte, Capitán?".

Con eso, McElroy balanceó el hacha en forma redonda y sacó la hoja directamente a la radio. Entró como un cuchillo caliente en mantequilla, pero le fue mucho más difícil sacarlo. Charlie saltó fuera del camino y continuó retrocediendo hasta que su espalda estuvo contra la pared. Observó, horrorizado, cómo el capitán McElroy tiraba y tiraba torpemente del mango del hacha. Estaba gritando y gruñendo, con saliva saliendo de su boca.

Charlie miraba por primera vez al capitán mientras el hombre luchaba con esa hacha. Tomó nota de la sangre en todo el lugar y de las heridas en todo el cuello y la cara. Su piel era de un gris intenso y parecía manchada. Tanto la boca como los ojos de Charlie se abrieron de par en par, y sus rodillas se doblaron. Se deslizó por la pared en una posición de cuclillas, petrificado por el hombre que estaba ante él.

De repente, el hacha se soltó de la radio y saltaron chispas. McElroy retrocedió y giró el hacha una vez más, rompiendo la radio casi en dos. Trozos de metal y plástico volaron por el aire.

Esta vez, el hacha salió de la radio mucho más fácilmente. La radio estaba muerta, de eso el capitán estaba seguro. Estaba parado frente a la radio admirando su propia obra cuando escuchó un sollozo.

McElroy se volvió bruscamente a su derecha. Allí, en el suelo, temblando, con los ojos muy abiertos por el miedo, estaba Charlie. Se había humedecido y la parte delantera de su uniforme estaba empapada. El capitán se rió entre dientes con voz ronca.

"Olvidé que estabas aquí, Charlie".

Charlie comenzó a sollozar más fuerte cuando el capitán dejó el hacha en el suelo junto a él. Comenzó a acercarse a Charlie, que tenía las manos extendidas delante de él como para apartar a McElroy. Tenía los ojos cerrados y lágrimas corrían por sus mejillas.

"No te preocupes, muchacho", escupió McElroy con entusiasmo. "Solo va a doler por un segundo".

Con eso el capitán se lanzó sobre él. Charlie pateó sus pies y giró sus brazos sin rumbo fijo, sus ojos aún firmemente cerrados. "¿Qué te pasa?", él gritó, una y otra vez.

McElroy no perdió el tiempo con este. Simplemente mordió su cuello y se alejó, llevándose la boca llena de carne. Parte de la vena yugular rasgada de Charlie colgaba de su boca y descansaba sobre su barbilla.

Eso fue lo último que Charlie vio en su vida.

∞

Clarissa Thompson había trabajado con los Centros para el Control de Enfermedades durante diez años, y habían sido largos años. Al principio, ella estaba en un equipo de investigadores y pasó sus horas de trabajo investigando nuevos informes de brotes de enfermedades en todo el mundo. Luego, durante una investigación, contrajo una forma leve de ébola y, como resultado, fue hospitalizada durante tres largos meses. Cuando regresó al trabajo, se le asignó un trabajo liviano permanente debido a que estaba débil y cansada.

Encendió la luz en su oficina y prendió la computadora. Mientras esperaba a que se iniciara, abrió su maletín organizando los archivos en su escritorio en el orden en que estaría trabajando en ellos. Puso el almuerzo en el pequeño refrigerador y procedió a preparar una taza de café.

Otro día, otro dólar.

Se sentó frente a su computadora, finalmente, y comenzó a revisar su correo electrónico. La mayor parte era correspondencia con respecto a casos que ya estaban bajo investigación, resultados de laboratorio y solicitudes para su firma. Tenía ciento veinte correos electrónicos en su bandeja de entrada en total esa mañana, se centraría en ellos durante las próximas horas.

Clarissa se ocupó de los correos electrónicos y de las llamadas telefónicas cuando fue necesario. A las once y media miró el reloj; casi a la hora del almuerzo. Se encargaría de un correo electrónico más, luego iría al baño y almorzaría. Hombre, la gente amaba molestarla con estos malditos correos electrónicos, y le disgustó.

Abrió el siguiente correo electrónico en la bandeja de entrada. Era correspondencia de un asistente de laboratorio en Belice, llamado Bruce West. Lo escaneó con sus ojos inicialmente, pero el contenido de la carta exigió mucha más atención. O este Bruce West era un loco o se había metido a sí mismo, y a todos los demás, en más problemas de los que incluso entendía.

Según el correo electrónico, él y un Dr. Jonathan Anson estaban llevando a cabo un estudio sobre el retraso o la erradicación de la muerte. ¿Exagerado? Tal vez, pero a juzgar por lo que habían dicho, habían cruzado algunos límites que nunca debieron cruzarse.

Parecía que realmente estaban teniendo éxito hasta cierto punto.

Leyó y volvió a leer el correo electrónico una y otra vez, asegurándose de que entendía a qué se dirigía el hombre. Finalmente, admitió que no había otra manera de interpretarlo, y levantó el auricular de su teléfono de escritorio.

"Bobby, ¿podrías venir a mi oficina por un momento?". Tenía la intención de que su supervisor lo leyera y descubriera lo que él quería que hiciera.

En minutos el hombre estaba a su lado, leyendo la correspondencia sobre su hombro. Él negó con la cabeza, su expresión aturdida. "No lo sé, Clarissa. ¿Deberíamos tomarlo en serio? Sí, creo que sí. Si está lleno de tonterías, siempre podemos presentar cargos por informes falsos".

"¿Así que quieres que lo llame?", le preguntó.

Bobby asintió. "Sí, llámalo. Evalúa la situación y cuéntame qué descubres y qué decides hacer".

"Entendido", respondió, y Bobby salió de su oficina.

Clarissa recogió su teléfono, una vez más, y comenzó a marcar el número de teléfono que le había proporcionado Bruce West en Belice.

CAPÍTULO 11

"Dr. West, mi nombre es Clarissa Thompson y hemos recibido su correspondencia, pero antes de que podamos tomar medidas para investigar el problema, necesitamos saber algunas cosas". La mujer del CDC tenía una voz aguda y nasal, y daba la impresión de desinterés.

Bruce se sentó delante de su escritorio y presionó el receptor del teléfono más cerca de su rostro. "No soy médico", respondió. "Soy, o fui, el asistente de laboratorio del Dr. Jonathan Anson. Este era su proyecto. Sin embargo, le diré todo lo que necesita saber. Si es que puedo, de alguna manera".

Bruce se encontró completamente agradecido por el correo electrónico. Diez años atrás, les hubiera tomado semanas dar con él, pero no en este día y en esta época. Lo contactaron sorprendentemente rápido, y ahora se sentó en el teléfono, aliviado de tener a alguien escuchándolo sobre el tema. Ahora solo tenía que hacer que vinieran para contener el problema.

La mujer aclaró su garganta. "¿Cuál fue el propósito original de los estudios que has estado haciendo con el Dr. Anson?".

"El doctor estaba realizando extensas pruebas y estudios con respecto a prolongar la vida, incluso hasta el punto de erradicar por completo la muerte", respondió simplemente.

La mujer estaba callada. Finalmente ella exhaló y continuó. "Obviamente, algo salió mal, según su correspondencia. Necesitaré más detalles por favor".

Bruce frunció el ceño mientras consideraba sus palabras cuidadosamente. No quería que esta gente pensara que era una especie de broma. Quería que entendieran claramente sus preocupaciones, principalmente su preocupación de que los humanos estuvieran contaminados. Si aunque fuera una rata escapara, las consecuencias probablemente serían irreversibles.

"Dr. Anson ha estado trabajando en el desarrollo de un suero que prolongaría la vida, por lo menos por mucho más tiempo", comenzó. "A lo sumo, erradicaría la muerte por completo".

"Estuvimos trabajando en el estudio en los Estados Unidos durante tres años y medio, pero luego algunos de sus investigadores nos cerraron. Dijeron que no podíamos usar animales de ningún tipo para hacer el tipo de prueba que requería el estudio. Al menos, no en los Estados Unidos". Bruce se detuvo y tosió en su mano, luego continuó. "Así que trajimos nuestro estudio aquí, a Belice".

"Dicho eso, ¿qué te preocupa?", la mujer preguntó.

"Las ratas", dijo. "No morirán, y son muy violentos". Se matan unos a otros e incluso comienzan a comerse el cadáver, pero en cuestión de minutos resucitan y el ciclo continúa".

"Espera un momento, ahora", dijo bruscamente la mujer. "¿Me estás diciendo que tienes ratas a medio comer que están volviendo a la vida y que continúan matándose y comiéndose entre sí, solo para volver a la vida otra vez?". Ella sonaba incrédula.

Se aclaró la garganta. "Sí, señora, eso es exactamente lo que le estoy diciendo, y si uno de ellos saliera y mordiera a un ser humano u otro animal, no creo que el problema se solucione, si sabe lo que quiero decir".

"¿El Dr. Anson proporcionó algún tipo de remedio o antídoto si el estudio salía mal?". La voz de la mujer estaba llegando a un tono ligeramente alarmado.

"No, no lo hizo"

El teléfono guardó silencio por un breve momento y luego dijo: "Completaré un informe de inmediato y me aseguraré de que un equipo lo reciba. Está fuera de nuestra jurisdicción, pero tiene motivos para preocuparse; se pondrán en contacto con las partes gubernamentales y harán arreglos".

"Bien", dijo Bruce. "Si necesita ponerse en contacto conmigo, tiene mi información. Gracias.

Colgó el teléfono y se reclinó en su silla. Observó a las ratas mutiladas festejar. Estaba empezando a retorcerse a la vida, incluso mientras cenaban.

Todo lo que podía hacer era esperar.

Después de un momento, se levantó y caminó hacia la jaula de contención. Las ratas que estaban cenando de repente habían desviado su atención de su comida y se estaban congregando en una esquina. Fue una oportunidad tan buena como cualquiera para tomar una de ellas y ver dónde estaban los niveles químicos. Como habían comenzado este ciclo macabro, él no lo había hecho. Estaba muerto de miedo, pero su curiosidad y miedo lo motivaron.

Se puso un par de guantes de goma, del tipo de tamaño industrial, como los que su madre había usado para lavar los platos cuando era niño. Abrió la parte superior de la jaula y buscó la rata herida. Todavía tenía espasmos, y ahora los sonidos húmedos y repugnantes provenían de su garganta. La levantó de la jaula rápidamente y dejó que la tapa se cerrara de golpe.

La cosa comenzó a retorcerse en su mano casi de inmediato, pero la mantuvo firme. La llevó a su estación y la puso sobre la mesa de trabajo, luego preparó una aguja de mariposa para tomar una muestra de sangre. Se volvió hacia la rata con la aguja en la mano.

En ese momento, la rata parecía casi despegar de la mesa. Cayó sobre su hombro y hundió sus dientes en su carne a través de su camisa blanca con botones, luego se retiró, arrancando un gran trozo de carne y material de algodón. Bruce gritó fuertemente y comenzó a golpear y golpear en su hombro. La rata voló al piso donde estaba retorciéndose y masticando, el material colgando de su boca.

Corrió hacia el animal y lo pisó tan fuerte como pudo. No fue nada más que una salpicadura en el piso cuando terminó, pero todavía estaba temblando. Lo miró horrorizado. Fue entonces cuando escuchó un ruido detrás de él que no pudo ubicar. Giró su cabeza para ver al resto de las ratas en esa jaula apilándose una encima de la otra. La rata en la parte superior del montón había abierto la tapa de la jaula, y ya estaba en camino hacia Bruce. El ruido que escuchó fue la puerta de la jaula que se abrió y golpeó la pared detrás.

Bruce se quedó boquiabierto por la sorpresa, y sus ojos se volvieron locos por la incredulidad mientras observaba a una rata tras otra literalmente levantarse y salir de la jaula. Trató de gritar, pero nada saldría. Comenzó a alejarse de la jaula lentamente, manteniendo su mirada fija en los pequeños monstruos. Tenía que salir de ese laboratorio.

Se estaba preparando para darse la vuelta y correr con toda su fuerza hacia la puerta cuando sus rodillas golpearon la parte posterior del taburete en su zona de trabajo. Cayó por encima de todo y aterrizó con fuerza en el suelo sobre su espalda, aturdido. Mientras jadeaba, vio que las ratas mutantes iban en su dirección como una fila de soldados que avanzan hacia la batalla.

No podía respirar, mucho menos desde su posición en el piso. En solo segundos, estaban sobre él, y comenzaban a darse un banquete. No podía gritar, pero lo intentó. Lo último que sabría es que una rata mordió su nuez de Adán y todo se volvió negro.

El CDC se llevó una gran sorpresa.

CAPÍTULO 12

Era el cuarto día del crucero, y la mayoría de los pasajeros ya no eran ellos. De tres mil individuos, solo había alrededor de mil doscientos que todavía eran humanos, y todos ellos habían ido a la clandestinidad. En cuanto a la tripulación, todos habían cambiado, excepto por un pequeño grupo, que incluía a Brice Cummins, el médico del barco y otros cuatro. Uno era Rick Harris, el sobrecargo del barco, Kevin Hines, oficial de cubierta, una azafata llamada Katie Richards, y George Meade, que había sido el asistente del capitán hasta que se volvió malo.

Los muertos vivientes estaban a punto de asumir el control del barco. Los pasajeros estaban escondidos, se habían atrincherado en camarotes y otras áreas en todo el barco en un esfuerzo por salvarse. Cuatro de los cinco miembros de la tripulación estaban atrapados en el puente, y no pudieron pedir ayuda porque el capitán había destruido la radio el día anterior. La única razón por la que habían tenido acceso al puente una vez más era porque se había ido a buscar algo para comer.

Los pocos seres humanos normales se escondían para intentar salvar sus vidas, dispersos aquí y allá por todo el barco. Sin embargo, el escondite realmente no ayudaba mucho. Los monstruos parecían oler mejor que los sabuesos, y si incluso sentían el menor olor de los vivos, estarían decididos a ir por ellos.

Los estaban exterminando, lento pero seguro, y la esperanza no se encontraba por ningún lado.

Ron Rogers, su esposa e hijos, y aproximadamente otros veinte pasajeros se escondían en el área de entrenamiento del barco. Habían movido bancos de pesas y cintas de correr para cerrar las entradas en un esfuerzo por mantener a los monstruos fuera. Todo el frente del gimnasio estaba hecho de cristal, y los zombis estaban por todas partes, mirando la carne fresca, golpeando y arañando el vidrio con los puños. El capitán y su esposa estaban entre ellos.

"Parece que los está manteniendo afuera", les dijo Ron a los demás. "Estoy bastante seguro de que no pueden atravesar ese cristal; es vidrio de seguridad después de todo".

Otro hombre, llamado Tom, dijo: "Solo podemos esperar. ¿Alguien sabe lo que está pasando?".

"No", dijo Ron. "Todo lo que sabemos, es que estos monstruos quieren comernos. Tú lo sabes tanto como nosotros".

Uno de los zombis había recogido una silla acolchada que habían colocado junto al escritorio principal externo y estaba golpeando el vidrio con ella, pero era en vano. Los monstruos se estaban enojando y estaban inquietos. Incluso sus gritos y gruñidos eran cada vez más fuertes.

"Están comenzando a enfadarse ahora", continuó Ron. "Quiero que todas las mujeres y niños entren en el área de la oficina administrativa. Cierra las puertas y asegúrenlas". Las mujeres comenzaron a ponerse de pie y a recoger a sus hijos. Estaban más que dispuestas.

La voz de Tom estaba un poco asustada. "¿Por qué no los matamos? Tiene que haber una forma".

Ron se volvió hacia él cuando las últimas mujeres y niños desaparecieron en la parte posterior. "Antes de que todos nos reuniéramos aquí, luché contra uno. ¡Aplasté su cráneo con un extintor de incendios! Aun así él continuó viniendo hacia mí".

Más zombis comenzaron a reunirse en frente del vidrio, y se estaban volviendo excesivamente agitados. Ron continuó, "En un punto, lo tuve en el piso, y lo golpeaba en la cabeza una y otra vez. Pensé que estaba muerto, pero cuando retrocedí se levantó. No creo que los monstruos puedan ser asesinados".

Los ojos de Tom estaban llenos de terror. "Tenemos que pensar en algo. ¡No quiero morir en este maldito barco!".

Todos los hombres del grupo se quedaron sentados mirando cómo los zombis intentaban abrirse paso a través del cristal.

"Sí", dijo Ron. "Tenemos que resolver algo, o todos estamos destinados a unirnos a ellos. Piensen todos en esto. Estamos en el medio del maldito océano, ténganlo en cuenta".

∞

Clarissa Thompson colgó el teléfono tras su conversación con Bruce West, y se sentó en su silla, pensando mucho. Sí, su historia sonaba a un montón de falsas tonterías. Sí, se le estaba dificultando creerle, pero algo dentro de ella le decía que no lo subestimara.

Si bien ella nunca habría considerado enviar un equipo a Belice hace años, las cosas ahora eran muy diferentes. Había tantas cosas que la raza humana había estado aprendiendo, tantos avances en la tecnología que consideraba como una posibilidad hacer las cosas que Bruce West dijo que estaban haciendo.

Sentía la obligación de atender este asunto.

Llamó a Bobby a su escritorio. "He hablado con el asistente de laboratorio en Belice", le dijo. "En mi opinión, necesitamos enviar un equipo, y probablemente lo antes posible. ¿Tienes preferencias respecto a quién deberíamos enviar?

Bobby guardó silencio por un momento mientras reflexionaba. Finalmente dijo: "Primero, llevemos a Carl Morgan lo más pronto posible para iniciar la investigación". Este sería un buen caso para dejar que algunos de los novatos adquieran algo de experiencia también. Envía a Kim Johnson y Keith Mitchell. Necesitan la experiencia, pero los quiero con alguien que sepa lo que está haciendo. Mejor envíalos con David Umbridge".

Clarissa estaba escribiendo tan rápido como estaba hablando. Tendría que completar los pedidos de asignación para cada individuo, ocuparse de reservar los vuelos para ellos y asegurarse de que estaban listos para codificar los procedimientos extranjeros.

Colgó el teléfono y obtuvo cuatro formularios de pedido de asignación de su archivador. Mientras los llenaba, sintió un escalofrío por la espalda. Algo le decía que esto no iba a ser un caso ordinario. Un mal presentimiento hizo que se llenara de preocupación. Quizás Bobby estaba equivocado; tal vez no era tan buena idea incluir a un par de miembros del equipo novato en esta tarea.

Por otro lado, podrían llegar allí y descubrir que este personaje de Bruce West era un psicópata delirante que había escapado recientemente de un asilo mental.

Clarissa sonrió y negó con la cabeza ante sus propios pensamientos. Bobby conocía a los nuevo reclutas, mejor de lo que ellos mismos se conocían. Ella confiaría en su juicio.

Apartó esos pensamientos de su mente y se dispuso a preparar al equipo para ir a Belice.

∞

Brice Cummins, el médico del barco, sabía algo que nadie más se había dado cuenta.

Todos sabían que estos eran monstruos, los muertos vivientes, y tenían mucha hambre. Sí, se tambaleaban y luchaban por abrirse paso en sus cadáveres, y su apariencia les hacía parecer casi... estúpidos. Pero Brice sabía que no había nada de estúpido en ellos.

La forma en que habían ido las cosas desde que comenzó toda esta pesadilla parecía casi... orquestada. Brice se rió entre dientes. Sonaba ridículo, pero no había duda de que: estos monstruos estaban actuando con intención. Claro, estaba más allá de su control, este gusto por la carne, pero estaban avanzando como tropas en un ejército. Brice creía que tenían la intención de hacer lo mismo en tierra.

Lo que sea que le hubiera pasado a esta gente, no se le podía permitir llegar a la tierra, pero Brice estaba bastante seguro de que al final no iba a poder hacer nada sobre ello. Según lo que él sabía, este barco era el único lugar en la Tierra donde parecía estar sucediendo este fenómeno de volver a la vida después de la muerte. Si tan solo pudieran evitar que el barco atraque. Si tan solo tuviera una forma de advertir a las personas en tierra. Pero a Brice no se le ocurrió otra cosa que salvar su propio pellejo, en última instancia. Se sacudió los pensamientos de impotencia de su mente y restableció su enfoque en la situación.

Se había escondido en uno de los conductos de flujo de aire cuando se encontró con el capitán. Estaba inclinado sobre una figura femenina en uno de los corredores y estaba devorando su vientre. Brice se había agachado en una esquina y utilizando su navaja, destornilló la cubierta de ventilación grande cerca del suelo. Encajó perfectamente en el interior y se arrastró por los conductos hasta que pudo ver al capitán claramente a través de una de las rejas. Lo que presenció poco después lo había dejado en shock.

Tres zombis habían aparecido a la vuelta de la esquina y en el corredor donde el capitán seguía devorando su presa. Él los miraba ofreciéndoles una sonrisa ensangrentada. De repente, dejó de comer y se puso de pie torpemente.

"El barco es casi nuestro", les dijo. Ellos respondieron con gruñidos y gemidos. "¡Buen trabajo! Pronto llevaremos nuestra nueva vida a la tierra".

Con horror, Brice se dio cuenta de que sus mayores miedos se estaban desarrollando justo ante sus ojos. Los zombies no solo se organizaron sino que tenían un líder, y era el Capitán McElroy. Muy malas noticias para todos los que todavía estaba vivos.

Brice se abrió camino a través de los conductos hasta que llegó al puente. Quería usar la radio para pedir ayuda. Cuando llegó al puente, se encontró con los otros cuatro miembros de la tripulación, que ya se habían atrincherado. Nunca había estado tan feliz de ver a alguien en su vida.

Kevin Hines, el oficial de cubierta, había desenroscado la rejilla de la pared para que el médico pudiera unirse a ellos. "Son soldados", les dijo mientras trataba de aclarar su mente.

"¿Qué quieres decir con 'soldado?' ". Los ojos de Hines estaban horrorizados.

Brice se volteaba mirando a los otros directamente a los ojos. "El capitán, los está enviando como soldados que avanzan. Tienen la intención de hacerse cargo de todo el barco y luego atracar. Van a continuar en tierra".

"¿Qué vamos a hacer?", Katie la azafata preguntó, su voz casi histérica.

Brice se volvió hacia ella. "Primero que nada, mantener la calma. Voy a buscar la radio en busca de ayuda".

"¿Crees que no hemos pensado en eso?". Esto vino de George Meade, el asistente del capitán. "¿De verdad? ¡Hombre, no somos unos tarados! El capitán destruyó todo el cableado de la radio. No hay forma de pedir ayuda. No por el puente al menos".

Brice se acercó a la radio para echar un vistazo. Efectivamente, no era más que un enorme agujero con cables triturados que salían de él. En el piso de abajo estaba el panel frontal y la unidad de radio, hecha añicos.

"Supongo que pensó en todo", dijo Brice. El capitán no quería que pudieran contactarse con la tierra en absoluto. Intencionalmente había dado los pasos necesarios para limitar su capacidad de comunicación.

Tenía la intención total de que todos los que estaban a bordo murieran.

George habló de nuevo. "¿Quieres decirme que estas... estas cosas están planeando tomar el control del barco? ¿Que en efecto puede razonar de alguna forma?".

"Eso es exactamente lo que te estoy diciendo".

Todos estaban parados allí en el puente luciendo derrotados. Finalmente, Brice dijo: "No tenemos elección, gente. O bien encontramos la manera de matarlos o un plan para salir de este barco. No tenemos idea de cuántos pasajeros normales hay, si es que hay alguno. Tenemos que vencerlos, o terminaremos uniéndonos a ellos".

El Capitán McElroy, parado en la cubierta. Ante él, estaba su nueva familia reunida. Había tantos que corrían por los corredores laterales. Era una masa de monstruos, gruñendo y aullando.

"Hemos recorrido un largo camino", dijo a través de un megáfono, que sostenía torpemente en ambas manos.

Continuó con una voz confusa "Pronto, podremos ir a la tierra y disfrutar fiestas aún más grandes que antes".

Los gruñidos se hicieron más fuertes para mostrar su aprobación.

"Debemos tenerlos a todos", continuó el capitán. "No dejes piedra sin mover. Deléitense con las víctimas, y sepan que todos ellos serán como nosotros, incluso hasta en la tierra".

La multitud aullaba de placer.

"¡Ahora vayan!"

Comenzaron a dispersarse lentamente, algunos individualmente y otros en grupos. Aquellos que se habían apilado alrededor del área de entrenamiento regresaron allí. Otros comenzaron a retirar las tiendas, bares y otros locales. Todos pasaron de camarote en camarote, de local en local, sin dejar piedra sin mover, tal como el capitán les había pedido.

Pero el capitán se dirigió al puente. Trató de controlar la entrada. Giró con bastante facilidad, pero no pudo hacer que se abriera. Podía oler la carne fresca dentro, y sabía que tenía que entrar. Empezó a golpear y patear violentamente la puerta.

"Sé que están ahí", gritó su voz confusa.

Presionó su oreja a la puerta y escuchó. Sí, él podía escucharlos adentro. Una mujer estaba llorando histéricamente, y alguien intentaba hablar con dulzura para calmarla.

Ahora comenzó a enojarse. Comenzó a golpear en la puerta una vez más, luego se tambaleó para encontrar a alguien que lo ayudara. Quería a la gente del otro lado de esa puerta.

El Capitán McElroy regresó con otros cinco y juntos comenzaron a arrojarse contra la puerta, algunos arañando mientras lo hacían.

"¡Los atraparemos!", gritaba el capitán. Presionó su cara contra la puerta y luego comenzó a mover la lengua hacia arriba y hacia abajo en la superficie. "Los tendremos...". Comenzó a reír histéricamente, al igual que los demás a su alrededor.

Realmente solo era una cuestión de tiempo.

CAPÍTULO 13

Ron Rogers estaba sentado en el piso del gimnasio principal con las rodillas dobladas y la espalda contra la pared. Su cabeza estaba vuelta hacia el techo y sus ojos estaban cerrados. Todo lo que podía hacer era cambiar las cosas una y otra vez en su mente. Tenían que encontrar una forma de matar a estos monstruos, o tenían que encontrar una forma de salir del barco.

Después de un momento, se levantó. Se volvió hacia Tom y los otros hombres. "Voy a ver a las mujeres y los niños".

Se dirigió a la zona trasera, donde los otros estaban escondidos. Estaban todos acurrucados juntos, con muchos de los niños durmiendo profundamente. Algunas mujeres estaban llorando, pero intentando en lo posible de no hacer ningún ruido. Nadie quería despertar a los niños por ningún motivo.

Cuando regresó al área de entrenamiento principal, Tom estaba de pie y paseando de un lado a otro. Vio a Ron y ansiosamente le preguntó: "¿Qué tal fuego?".

"¿Fuego?", Ron respondió.

Tom asintió. "Sí, fuego. Tal vez podríamos pensar en una forma de prender fuego al barco. Si pudiéramos llegar a los botes salvavidas, todavía podríamos llegar a tierra mientras estos fulanos se queman".

Ron se sentó en un banco de pesas, de espaldas a los zombis caóticos y violentos que estaban reunidos en el cristal de seguridad. "Fuego. No veo por qué no funcionaría, pero ¿cómo llegaríamos a los botes salvavidas sin convertirnos en víctimas nosotros mismos? ¿Cómo comenzaríamos un incendio que sea lo suficientemente grande como para derrotarlos?"

Todos los hombres guardaron silencio otra vez mientras consideraban la sugerencia. Uno de los hombres habló finalmente. "Sabes, estamos sentados aquí viendo cómo estos monstruos tratan de entrar, ¿y ustedes están hablando de llegar a los botes salvavidas de forma segura? ¿Estás hablando de encender un fuego? ¿Se dan cuenta de que el barco es todo hierro y acero?".

"Tienes razón", estuvo de acuerdo Ron. "Pero tenemos que hacer algo o morir intentándolo". Estas cosas matan, se comen a las personas, la gente vuelve a la vida y se une a ellos. Es probable que no haya manera de hacer lo que estás sugiriendo, Tom".

"Bueno, ¿por qué al menos no miramos alrededor y tratamos de encontrar una salida alternativa?", continuó Tom. "Entonces podríamos encender el fuego aquí y escapar del área, dejándola que arda".

Ron pensó en esto. "No hay una salida 'alternativa'. Hay una salida".

Tom comenzó a caminar una vez más. "Bueno", dijo con voz frustrada. "Al menos podríamos mirar alrededor. Tal vez hay una puerta secreta, o incluso una salida de incendios de la que no nos damos cuenta".

"Bien", respondió Ron. "Revisemos este lugar a fondo. Busquen cualquier salida de emergencia".

Los hombres comenzaron a buscar por todo el gimnasio. Había dos oficinas, un baño, y la zona de almacenamiento, las mujeres y los niños estaban escondidos. Movieron los escritorios y las cajas para que pudieran ver lo que había detrás de ellos. Ron prácticamente se dio por vencido y regresó a la zona principal, donde esperaban dos de los otros tres.

"¿Han tenido suerte?", les preguntó.

Un hombre pelirrojo negó con la cabeza y respondió: "Nada. Ni siquiera una escotilla en el piso".

Justo entonces oyeron la voz de Tom gritando. "Oigan chicos. ¡Vengan!".

Encontraron a Tom en una de las salas de almacenamiento. Todos habían estado aquí; ¿Qué podría haber encontrado que antes pasaran por alto?

"Mira", dijo con entusiasmo. "El conducto de aire. La parrilla es grande. Estoy seguro de que podríamos caber fácilmente ahí dentro".

Ron se quedó pensando. "Y tendríamos prácticamente acceso a todo el barco. Buen trabajo, Tom".

"Entonces, ¿cómo debemos manejar esto?", preguntó Tom.

Los ojos de Ron estaban fijos en la rejilla mientras caminaba de un lado a otro. "A partir de ahora, no tenemos forma de iniciar un incendio, pero si uno de nosotros ingresara a los conductos, podríamos hacer un par de cosas".

"¿Y?", preguntó el hombre pelirrojo.

"Primero, podríamos buscar una manera de hacer el incendio. Ya sabes, fósforos, un encendedor, o tal vez algunas bengalas de emergencia. En segundo lugar, podríamos determinar un paso seguro desde aquí hasta los botes salvavidas".

"Entonces, ¿quién quiere ir?", Tom preguntó.

"Yo voy", dijo Ron de inmediato. Volteó una cubeta y se paró sobre ella para ver de cerca la rejilla. "Voy a necesitar algo para quitar estos tornillos".

Red exclamó. "¡Tengo un cuchillo multiusos!". Metió la mano en el bolsillo delantero de su pantalón y sacó la herramienta.

Ron sonrió. "¡Perfecto!". Le quitó la herramienta al hombre, y en cinco minutos la rejilla estaba en sus manos. Se lo dio a Tom.

"Bueno. Voy a ver cuáles son nuestras opciones. Si no regreso en una hora, asuman lo peor", dijo Ron. "De lo contrario, volveré".

Ron fue capaz de alzarse y meterse en el conducto con la ayuda de los otros hombres, y pronto se arrastró sobre sus manos y rodillas. Se dio cuenta de que era mejor parar en cualquier otra rejilla y tener una idea de en qué parte del barco se encontraba, además de ver lo que los monstruos estaban haciendo sin delatarse.

Se movió más rápido; no había tiempo para perder.

∞

Maryann Rogers se sentó en el piso del área de almacenamiento del gimnasio. Ella sostenía a sus dos hijos, apretados contra su pecho. Había otras tres mujeres con ella allí, y un total de siete niños además de ella.

Su esposo y los otros hombres le habían dicho a ella y las otras mujeres y niños que se escondieran aquí. Habían cerrado con llave las puertas y amontonado cajas de suministros contra ella. El barco estaba lleno de... monstruos. Los monstruos querían comerse a la gente. A Maryann le pareció que su agudeza mental pendía de un hilo. Todo parecía tan irreal.

"Maryann, ¿crees que nos encontrarán aquí?". Una mujer llamada Carol estaba haciendo la pregunta. Maryann la miró. Parecía estar al borde de la cordura.

"No, Carol", respondió, sin creer en lo absoluto. "Creo que estamos más seguros que nadie en este barco".

Carol exhaló un audible suspiro de alivio y apoyó la cabeza contra la pared y cerró los ojos. "Solo quiero irme a dormir y despertar cuando todo termine", dijo.

"Sé cómo te sientes, Carol, pero tenemos que preocuparnos por los niños". Esta era una mujer llamada Karen hablando. Estaba casada con el tipo llamado Tom que estaba afuera en el área principal con Ron, el esposo de Maryann.

"Sí", estuvo de acuerdo Maryann. "No podemos dejar que nuestro miedo nos descontrole". No podemos entrar en pánico. Tenemos que pensar en los niños".

Miró a sus propios hijos, que también se habían dormido. Ella se sintió aliviada. Cuanto menos supieran o entendieran sobre lo que estaba pasando, mejor. Se ajustó porque sus piernas se iban a dormir, luego se recostó contra la pared.

Todo lo que podían hacer era sentarse en el área de almacenamiento y esperar. No sabía qué más hacer. Ella solo sabía que no había nada más que pudieran hacer. El único problema era que ella se dio cuenta de que estaban contra la pared. Ella no era una mujer estúpida. Si los niños no hubieran estado allí, le hubiera abofeteado la cara a su marido por pensar que sí. No podría ser bueno que estuvieran encerrados aquí; no había lugar para que ninguno de ellos corriera si tenían que hacerlo. Todos eran como peces en un barril esperando ser fusilados.

Pasó sus dedos a través de los rizos marrones y arenosos de su hija Carly. La cabeza de la niña estaba sobre su regazo, y ella dormía pacíficamente. Oh, ¡ser un niño otra vez! Olvidando todo lo que los rodea. Olvidando la desagradable realidad de la vida y los problemas de los adultos.

Ahora Maryann miró la cara de su hijo, Curt. Tenía ocho años y deseaba terriblemente ser un hombre adulto. Ella sonrió con diversión. Él tenía las pestañas más largas. Se preguntó cómo no se enredaron juntos mientras dormía.

Sabía en lo profundo de su corazón que nadie en esa habitación iba a salir del barco, al menos, no en el mismo estado en que caminaban hacia ella. Sabía que cada uno de ellos iba a morir, y lo más probable es que todos terminasen como zombis, al igual que los monstruos que querían devorarlos.

Maryann cerró los ojos e inclinó la cabeza hacia atrás contra la pared. ¿Por qué Ron insistió en este estúpido crucero? Ella quería ir al Monte Rushmore, pero Ron pensó que los niños disfrutarían más pasar una semana en el medio del océano. Él tenía razón; cuando les dieron a los niños la opción entre Mount Rushmore o el crucero, no hubo competencia alguna.

En retrospectiva, se puso a pensar en mil cosas que podría haber hecho, y eso la hizo temblar de frustración porque no había escogido ninguna. Tuvo un mal presentimiento desde el principio, y ahora no había nada que pudiera hacer para arreglar el desastre en el que se encontraban.

Carly se agitó un poco, rompiendo un poco con el estado pensativo de su madre. Maryann dejó que la chica se acomodara buscando una posición cómoda, y luego estaba durmiendo otra vez. Maryann cerró los ojos una vez más e intentó olvidarse de su realidad por un momento para dormir un poco.

CAPÍTULO 14

Carl Morgan había estado con los Centros para el Control de Enfermedades durante veinte años, y con cada año que pasaba se encontraba cada vez más entusiasmado con su retiro. Había sido una buena experiencia, pero mientras más enfermedad veía, más empezaba a odiar su trabajo. Ahora aquí estaba, recorriendo las calles de Belice en un automóvil de alquiler, dirigiéndose al laboratorio de algún científico loco que había llevado sus esperanzas y sueños demasiado lejos.

Se le había asignado iniciar esta investigación, y si se necesitaba ayuda adicional, enviaría a otros tres que estaban en estado de alerta. Por los rumores, la persona que reportó esto estaba fuera de su maldito rockero. Carl pensó que iría al sitio, lo vería y podría confirmar el estado al cuartel general. No creía que los demás tuvieran que involucrarse con el desastre.

"Esta es la calle", dijo mientras giraba a la izquierda. Mantuvo sus ojos en el edificio, buscando los números que le harían saber que había llegado. Condujo cinco minutos completos antes de encontrar el lugar, un edificio de ladrillo situado en un callejón sucio, sin señales ni marcas significativas que revelaran lo que allí se hacía.

Se detuvo frente a él y salió del auto. Luego sacó la maleta del equipo del baúl y, después de asegurarse de que el automóvil estaba bien cerrado, comenzó a avanzar hacia el edificio.

Primero miró hacia el callejón. Era evidente que ahí era donde se tiraba la basura. Echaría un vistazo allí después de hablar con este personaje de Bruce West y las ratas que le preocupaban. Carl hizo una nota mental y luego subió por los escalones de concreto que conducían a la entrada principal del edificio.

La puerta se abrió con facilidad y él entró. Había un escritorio con un teléfono, pero sin secretaria. En el otro extremo de la entrada, había una sola puerta con un letrero rojo y blanco que decía... 'Restringido'.

Sin vacilar, se dirigió a la puerta y la abrió, asomando la cabeza dentro. Había un corredor con varias puertas, y todas estaban cerradas. Cada una tenía una ventana cuadrada pequeña, y decidió echar un vistazo.

"¿Señor West?", gritó mientras iba de puerta en puerta. Sin respuesta. "Señor West, es Carl Morgan con el CDC. Estoy aquí para investigar su informe".

Silencio.

Se detuvo en cada puerta del corredor y escuchó con atención después de mirar por la ventana. Creyó oír ruidos procedentes de detrás de una de las puertas al final del pasillo, pero no parecían humanos. Se dirigió hacia allá, deteniéndose en cada puerta y mirando a través de la pequeña ventana de vidrio en cada una. Casi siempre veía escritorios vacíos y archivadores. Solo dos de las oficinas parecían estar en uso.

Caminó con esfuerzo y llegó a la última puerta. Los sonidos que provenían del lugar eran más fuertes ahora. Carl miró por el cristal y contuvo el aliento.

Había dos personas tiradas en el suelo. Una era una mujer con cabello rubio, enmarañado en sangre. Ella parecía estar tratando de sentarse, pero no podía ponerse de pie en absoluto. Parecía un pez fuera del agua. Parecía que no sabía caminar en los zapatos de tacón que llevaba, como si fuera su primera vez. Si no hubiera sido un desastre sangriento, Carl Morgan se habría divertido con la escena que presenciaba.

Había un hombre acostado a su lado. Él también parecía estar vivo, a pesar de que apenas era reconocible como ser humano. Parecía estar totalmente destrozado. Agitaba sus brazos en un esfuerzo por quitarse de encima lo que parecían animales mutantes, pero no estaba teniendo mucha suerte. Los animales, o lo que fueran, obviamente contaban con ventaja en situación.

Carl se apartó rápidamente de la puerta, su corazón latía con fuerza y su frente goteaba sudor. ¿Qué demonios era todo eso? El informe que le habían dado indicaba que se estaban realizando estudios científicos que tenían que ver con prolongar la vida humana o erradicar la muerte. Obviamente, habían estado usando ratas, y las cosas habían salido mal.

Pero no se había preparado adecuadamente para la escena que acababa de presenciar. Su cabeza estaba un poco nublada; se inclinó y puso sus manos sobre sus rodillas e intentó concentrarse en su respiración. De repente, su boca se abrió y la totalidad de su almuerzo salió expulsado, cayendo en el piso frente a él. Volvió a vomitar, una y otra vez, hasta que ya no quedó nada. Se limpió la boca con la manga de la chaqueta y tomó aliento.

Carl nunca había visto algo tan enfermizo e inquietante en toda su vida.

Evitando la ventana de la puerta con los ojos, regresó a la entrada y se sentó en el escritorio vacío. No iba a entrar en esa habitación, no sin hablar con alguien en la oficina central. Por lo que pudo ver, este no era un trabajo que pudiera ser manejado por una sola persona.

Suspiró y levantó el auricular del teléfono. Es hora de obtener ayuda aquí en Belice. Es hora de llamar al resto del equipo. Estaría loco si optara por lidiar solo con esta situación.

∞

David Umbridge, Keith Mitchell y Kim Johnson se acomodaron en sus asientos en el avión, preparándose para volar. Iban camino a Belice para unirse a Carl Morgan. Por lo que habían oído, iban a estar en medio de un gran y confuso desorden.

"Morgan dice que las cosas están muriendo y volviendo a la vida", estaba diciendo Umbridge. "Creo que, el problema es el resultado de algunos estudios que está realizando un doctor que está medio loco. Al menos, eso es lo que Clarissa dijo, solo que no dio mayor detalle. Morgan también dijo que cree que podemos estar en problemas; nunca ha visto algo como eso en Belice".

Kim habló. "Entonces, ¿cómo manejamos una situación como esta?". Ella era nueva en el CDC y aún estaba en pañales. "Quiero decir, ¿alguna vez has estado en una situación similar? ¿Cómo podemos ir ciegamente hacia algo de lo que no sabemos nada?".

"Bueno", respondió David, asegurándose de que los dos novatos prestaran atención, "Tendremos que erradicar las alimañas". Los trataremos de forma muy parecida a como trataríamos la viruela o la tuberculosis, solo que a un nivel diferente ya que son criaturas "vivas".

Keith dijo: "Creo que sería una tontería pensar que vamos a eliminar el problema de una sola vez. Seamos realistas aquí: no tenemos idea de si esto está contenido en un edificio o si se ha 'filtrado' o algo así. Es cierto, no sabemos nada. Kim tiene razón".

"Tiendo a estar de acuerdo contigo, pero tenemos que tratar de hacer el trabajo con las herramientas que se nos han dado". David apoyó la cabeza contra el respaldo de su asiento y miró por la ventana hacia las nubes.

Él había tratado con todo tipo de virus. Había lidiado con el susto del Ébola. Había tratado con el virus Fasciitis Necrotizante en más de una ocasión. Pero en todos sus años con el CDC, nunca había oído hablar de algo como esto. Los cadáveres de las ratas vuelven a la vida, se comen y se asesinan unos a otros, y luego reviven. Sonaba como las mismas cosas de las que estaban hechas las pesadillas. No podía ser real. Tenía que haber algún tipo de error.

Miró a sus dos socios. Ambos tenían la cabeza hacia atrás y los ojos cerrados. Eran solo unos novatos; eso lo hizo sonreír al recordar sus humildes comienzos. Solo sintió lástima por ellos, que estaban adquiriendo experiencia en una investigación tan loca como esta.

Finalmente, cerró sus ojos y comenzó a dormirse. Mejor descansar ahora. Es posible que no tenga otra oportunidad por un tiempo.

∞

El Dr. Brice Cummings estaba sentado en el puente en la silla del capitán mientras los que lo rodeaban caminaban o lloraban. Los ruidos afuera de la puerta se habían vuelto cada vez más fuertes en las últimas horas, y se le pusieron los nervios de punta. Sonaba como si estuvieran arañando su camino a través de la puerta.

Allí estaba rodeado por el sobrecargo, el oficial de cubierta, una azafata histérica y el ayudante del capitán, pero se sentía como si fuera el único que intentaba pensar de verdad. Los otros no ofrecieron nada cuando preguntó; todo lo que le dieron fueron miradas desconcertadas.

"Está bien, sabemos que sus cuerpos son difíciles de matar", comenzó. "Me parece que la respuesta está en ese hecho".

"¿Qué quieres decir?", preguntó George Meade, prestando toda su atención al médico.

Brice se levantó. "Bueno, en caso de que ninguno de ustedes haya notado estas cosas ya están muertas. Se están pudriendo y apestoso, pero continúan con vida. Siempre y cuando tengan un caparazón para caminar, sobreviven y prosperan".

"¿Entonces?", preguntó Kevin Hines, el oficial de cubierta.

Brice le lanzó una mirada. "Así que eso me dice que la única forma de vencerlos es destruir completamente el cuerpo".

"¿Cómo diablos se supone que haremos eso?", preguntó la azafata histérica. "¿Los metemos dentro de una picadora de carne? Apuesto a que se alinearían para eso".

Brice sonrió. "Fuego".

Ahora él tenía la atención de todos. "Usamos fuego para alejarlos. Los guiamos a un área común y los incendiamos".

"Pensar que podríamos atraerlos a cualquier parte es una locura", respondió George. "Quieren comernos". He estado haciendo los cálculos, y diría que más de la mitad de los pasajeros se han convertido en estas... cosas. ¿Cómo esperas que nosotros cinco podamos controlar este caos el tiempo suficiente para salvar nuestras propias vidas?"

Kevin habló. "Tendríamos que estar seguros de que no nos quemaríamos en el fuego también". Tendríamos que tener una zona de seguridad determinada, o terminaremos saltando en el océano y muriendo en vez de salvarnos. No tiene sentido, Brice".

Ahora Brice se estaba frustrando. "¡Realmente no veo que tengamos mejor opción! Cuanto mayor es su número, más fuertes se vuelven. ¿Qué quieres hagamos? ¿Que nos sentemos aquí hasta que inevitablemente entren?".

Nadie le respondió. "Bien", continuó. "Voy a descubrir un plan sólido. Tenemos bengalas para encender un fuego. Todo lo que necesitamos ahora es trabajo en equipo y una buena estrategia".

¡En ese momento hubo un fuerte crujido! Brice supo de inmediato que el sonido era la puerta. Probablemente se había debilitado y agrietado. "Escuchen, no podemos estar perdiendo el tiempo. ¡Juntémonos y hagamos las cosas antes de que sea demasiado tarde!"

Se acurrucaron juntos y discutieron la situación mientras los golpes y desgarramientos al otro lado de la puerta continuaban.

∞

Los Harrington, por primera vez en todas sus vidas, estaban funcionando como una familia.

Claro, estaban comiéndose a otros humanos y causando destrucción masiva, pero nunca antes habían cooperado tan bien entre sí. Jason, en su estado ánimo enfermo, lo encontró totalmente satisfactorio. Finalmente, su esposa estuvo de acuerdo con él y su hijo lo obedeció. Bien, sin embargo, todos tenían que morir y convertirse en zombis para llegar a este punto, pero de todos modos estaba satisfecho.

Juntos recorrieron los corredores del barco, buscando y oliendo carne fresca. Podían oler todo a su alrededor, pero rastrearlo era una historia diferente. Las víctimas que perseguían eran creativas cuando se trataba de esquivarlos y esconderse. El hecho era exasperante.

Continuaron en su aventura, deteniéndose solo para devorar a una nueva víctima cada vez que tenían suerte de encontrarla. Era importante que siguieran presionando. Después de todo, el Capitán McElroy prometió que cuando llegaran a tierra habría más que suficiente carne fresca para todos, y así, con esa promesa ante ellos, Jason Harrington y su clan cazaban.

∞

El Capitán McElroy había dejado la destrucción de la puerta del puente a los demás. Quería verificar el progreso que se estaba haciendo. Se tambaleó alrededor del barco y evaluó. Parecía que estaban teniendo éxito en aniquilar a los vivos. No había un ser humano a la vista.

Él comenzó a gritar: "¡Vamos por ustedes! Escóndanse si lo desean, ¡no hay escapatoria!"

Después de hacer sus rondas, regresó al puente. Necesitaba estar allí cuando finalmente se abriera paso. Esa era la única forma de garantizar que todos llegaran a la tierra. Habría mucha comida fresca una vez que atracaran.

Cuando llegó al puente, se abrió paso entre los demás que golpeaban la puerta. A continuación gritó, "¡George, sé que estás allí!"

El asistente del capitán hizo una mueca de miedo. "¿Qué digo?", susurró.

"Respóndele", dijo Brice. "No hay razón para enojarlo más de lo que ya está".

George Meade se puso de pie y gritó a la puerta. "Sí señor, estoy aquí".

El capitán se rió a carcajadas y comenzó a golpear la puerta de nuevo. "¡No tengas miedo!", gritó. "Te unirás a nosotros muy pronto".

De eso es de lo que tenemos miedo, pensó Brice Cummings.

R.W.K. Clark

CAPÍTULO 15

Carl Morgan había contactado a todas las personas adecuadas y les había hecho saber que el caso de Belice era una especie de emergencia. Al principio, su supervisor parecía escéptico, pero cuando le contó lo que había visto, el hombre le dijo que se mantuviera firme. Quería que asegurara el edificio y esperara al otro equipo. La nueva tripulación ya estaba en camino, rumbo a Belice; al menos, eso fue lo que le dijo Clarissa Thompson.

Carl volvió a guardar su equipo en el maletero del coche de alquiler y lo cerró con un portazo. Luego tomó nota del callejón una vez más. No estaría de más comprobar las cosas ahora mismo, antes de que llegara el equipo. Quería ver qué tipo de desperdicio estaba produciendo este lugar, y quería saber si habían tomado las precauciones adecuadas para deshacerse de él.

Se sacó un par de guantes de goma del bolsillo de la cadera y se los puso mientras caminaba por el callejón.

Era un callejón sin salida con una pared de ladrillo cerrándolo. Contra la pared había dos grandes contenedores, y basura a su alrededor.

Carl notó que había una puerta trasera hacia el laboratorio. Dio tres pasos y movió la manilla. Estaba cerrado. Reanudó su misión y se dirigió a los contenedores de basura.

En el primer contenedor había más que basura típica: envoltorios de papel, tazas de café desechables, montones de toallas de papel usadas y cosas por el estilo. Cuando se estaba preparando para cerrar la tapa, escuchó un débil sonido chirriante procedente del otro contenedor.

Carl se detuvo abruptamente y escuchó con atención. Sí, algo definitivamente estaba en ese basurero. Cautelosamente caminó hacia allí, y fue entonces cuando vio al perro.

El perro estaba destrozado. Tenía que haber sido atropellado o golpeado con algún elemento. Estaba cubierto de sangre y sus piernas estaban dobladas en posiciones antinaturales. Había mechones de pelo en el suelo a su alrededor, y las zonas calvas de su piel parecían podridas.

El perro abrió un ojo y gimoteó hacia Carl.

"¿Qué diablos está pasando aquí?", se preguntó en voz baja. Haciendo una mueca como evitando al perro podrido, Carl lentamente comenzó a levantar la tapa del contenedor de basura. Lo que sea que estuviera dentro se estaba moviendo agitadamente. Los sonidos eran cada vez más fuertes. Sacó un pequeño bolígrafo del bolsillo de su pantalón el cual tenía una linternita y levantó cuidadosamente la tapa para ver el interior.

Se encontró con un grito que solo un animal enfermo podía producir. Dentro del basurero había innumerables ratas, o al menos, eso es lo que él pensaba que eran. Algunas estaban dándose un festín con una de las ratas heridas en un rincón, mientras las otras corrían confundidas.

Carl dejó caer la tapa. Esto era malo; era realmente malo. Si estas cosas han estado aquí, hay una gran posibilidad de que alguien o algo se hayan infectado. Miró al perro y negó con la cabeza.

No había manera de saber si alguien en Belice se había encontrado con uno de estos animales. Ahora sabía que esta situación tenía el potencial de ser bastante destructiva. Estos científicos locos no practicaron ningún tipo de política de contención. Simplemente habían tirado estas ratas a la basura sin ninguna responsabilidad.

El equipo necesitaba llegar aquí, y rápido.

Se puso en contacto con las autoridades locales. En cuestión de minutos, la policía de Belice se estaba deteniendo; un hombre de uniforme salió del vehículo y se acercó a él. Cuando lo alcanzó, dijo con un fuerte acento.

"¿Eres del control de enfermedades estadounidense?".

"Sí, tenemos que poner en cuarentena este edificio sin que nadie salga. Mantenga a todos los ciudadanos del área dentro de la cinta. Voy a recoger a mis socios. Regresaré pronto". Carl había puesto la cinta de precaución en la boca del callejón. Era de color rojo brillante, y en letras negras decía 'Residuos peligrosos: No entrar'. Él colocó la cinta más de diez veces.

∞

Tom y Red acababan de ir a la parte trasera del gimnasio a ver a las mujeres y los niños. Todo había ido bien, así que aseguró la puerta del área de almacenamiento donde estaban y les dijo a las mujeres que amontonaran tantas cosas contra la puerta como fuera posible. Les hizo saber que Ron se había ido y con un poco de suerte podrían salir de aquí pronto.

Los dos hombres volvieron a la zona principal, donde otro sujeto estaba acurrucado en un rincón con las manos sobre las orejas. Parecía estar llorando. Tom sacudió la cabeza con disgusto. Era un hombre mayor.

Hubo un gran estruendo desde la puerta, y el equipo que habían utilizado para hacer barricadas parecía moverse un poco. Tom miró a la puerta; había una gran grieta en el medio. Había perdido efectividad.

"¡Vamos!". Él se volvió hacia los otros dos. "No tenemos tiempo que perder. Van a entrar". Hizo una pausa y miró a su alrededor. "Chicos, ayúdenme a poner un poco más de este equipo contra la puerta. Es todo lo que podemos hacer".

Red acertó, pero el tercer hombre siguió llorando y sollozando, con las manos en las orejas. Tom miró a Red, que se encogió de hombros en respuesta. Lo mejor era hacer lo que estuviera a su alcance, incluso si no valía de mucho.

Hicieron la tarea de reforzar la entrada lo mejor que pudieron, pero Tom sabía que solo era cuestión de tiempo. Al menos podrían detenerlos de esta manera. Echó un vistazo a su reloj. Ron se había ido cuarenta y cinco minutos. Si no regresaba pronto, Tom tomaría la decisión de hacer que todos se metieran en los conductos de aire y esperar que pase lo mejor.

Era la única opción que tenían.

∞

La enfermera Meredith Monroe estaba terminando sus rondas en la unidad de cuidados a largo plazo en el principal centro médico en Belice. Ella se mudó aquí hace cinco años de Estados Unidos, y se había establecido muy bien. Ella amaba su trabajo y amaba Belice. Ella no cambiaría su vida por nada.

Solo le quedaban un par de pacientes por ver y luego podía ponerse al día con sus gráficos. Estaba ansiosa por irse a casa. Tenía una cita con un bailarín brasileño muy sexy.

Atendió el penúltimo paciente, una mujer que tenía todo el cuerpo enyesado. Probablemente nunca iba a ser la misma. Había saltado desde el techo de su edificio en un intento de suicidio, y de alguna manera sobrevivió. ¿No era acaso una jugada del destino, para asegurarse de que alguien que quería morir de esa manera tan atroz, viviera sin importar nada?

Salió de la habitación y se dirigió a su último paciente, un médico llamado Jonathan Anson. Había estado en coma y el pronóstico no era bueno. Según todas las cuentas profesionales, probablemente estarían desconectándolo en los próximos días. Es una lástima.

Meredith se ocupó de revisar sus signos vitales y asegurarse de que todo estaba conectado correctamente. Todo parecía estar bien, agarró su tabla desde el pie de la cama para actualizarla, tarareando mientras lo hacía. Casi es hora de irse.

"Es... es demasiado tarde, sabes".

Meredith levantó la vista. ¡Era el doctor! ¡Acababa de hablar!

"Dr. Anson, soy Meredith, su enfermera. ¿Es demasiado tarde para qué?", inclinó su cabeza hacia abajo para poder entender mejor sus palabras.

"No morirán... nunca morirán", jadeó. "Me equivoqué, yo... Cometí un... error".

Su corazón latía con fuerza. "Está bien, Dr. Anson. Está en el hospital y lo estamos cuidando bien".

"Morir", dijo con voz débil. "Todos van a morir". Con eso, sus párpados se agitaron, y la vida lo dejó para siempre.

Meredith indicó a los demás que era un código rojo, y otras enfermeras y doctores comenzaron a correr hacia la habitación para reanimar al paciente.

Pero ya era demasiado tarde para el Dr. Jonathan.

R.W.K. Clark

CAPÍTULO 16

Ron Rogers estaba sentado en la parte posterior de los conductos de aire. Se sintió completamente impotente. Cada rejilla que miraba no le mostraba más que a caníbales muertos. Aún no había visto a un alma viviente sana y salva. Los zombies estaban teniendo un progreso rápido de hecho.

El problema que ahora enfrentaba era que estaba completamente perdido. Había intentado regresar al gimnasio, y pensó que conocía el camino, pero todo lo que había estado haciendo durante la última media hora, desde que encontró la reja más cercana a los botes salvavidas, era luchar por encontrar el camino de regreso. Estaba asustado y no tenía idea de qué hacer.

El pánico estaba empezando a surgir dentro de él. Estaba sentado frente a una rejilla que conducía a una sala de sauna. Se sentó mirando a un zombi que se estaba comiendo un hombre desnudo. El hombre parecía muerto, y Ron estaba teniendo dificultades para lidiar con los ruidos que provenían de tal situación.

En ese momento, la pierna del hombre desnudo se sacudió violentamente. ¡No estaba muerto después de todo! Ron se deslizó más cerca de la parrilla justo cuando el hombre agarró al zombi y le mordió el brazo como respuesta. Ron contuvo la respiración para evitar gritar. No estaba muerto del todo, era un muerto viviente, y todo había sucedido en cuestión de minutos.

Todos estaban en problemas. Estaba empezando a hacerse la idea de que nunca saldrían vivos del barco, pero sabía que tenían que morir intentándolo. Se apartó de la rejilla y comenzó a gatear de nuevo. Tenía que encontrar el camino de regreso al gimnasio.

Mientras se acomodaba, intentó ajustarse en silencio. Utilizando su pie contra el conducto de metal para apoyarse, se sentó un poco para quitarse la chaqueta. En ese momento, la suela de goma de su zapato perdió tracción y la goma frotó contra el metal provocando un fuerte chirrido.

Ron se congeló y contuvo la respiración. Miró por la reja para ver que los dos monstruos miraban hacia la rejilla, casi directamente hacia él. Ron no movió un músculo; estaba petrificado de miedo.

El primer zombi luchó para ponerse de pie. No apartó los ojos de la parrilla, y parecía estar oliendo el aire. Se acercó a la reja junto con el hombre desnudo, y ambos se detuvieron justo debajo del conducto, con la cabeza hacia atrás.

De repente, el hombre desnudo, que era bastante grande y musculoso, impactó con el puño el conducto y lo rompió de un golpe. Una gran abolladura se formó en el conducto justo debajo de Ron. Él comenzó a temblar violentamente.

Ahora los dos zombis estaban golpeando el conducto. Grandes abolladuras aparecían en todas partes. Trató de gatear, pero entre el pánico, se deslizó y golpeó con fuerza la cara contra el conducto. La sangre brotaba de su nariz.

Otro golpe vino, luego otro, y con eso un puño atravesó por completo el metal. Ron se acurrucó en una posición fetal y trató de mantenerse alejado del puño. El zombi agarró el metal y comenzó a desgarrarlo fácilmente, como si estuviera hecho de papel. Lo arrancó por completo, y Ron cayó al suelo.

Ni siquiera tuvo tiempo de reaccionar. En segundos, los zombis estaban sobre él, desgarrando su carne con sus dientes. El último pensamiento que pasó por su mente fue 'Si no puedes vencerlos únete a ellos', una y otra vez.

∞

Otro día había llegado y se había ido, y el Dr. Brice Cummings estaba agotando su paciencia.

Mientras los otros cuatro que estaban con él en el puente se habían quedado dormidos, él luchó por mantenerse despierto. Los zombis afuera de la puerta cerrada con llave no se habían detenido, pero tampoco habían progresado. En cuanto a su plan, bueno, todo lo que había logrado con certeza era el hecho de que tenían bengalas. Nadie, incluido él, podría descubrir cómo salir del puente y pasar a los monstruos. Seguramente, al menos, uno de ellos moriría en el intento, por no decir todos.

Miró su reloj de pulsera: eran las dos y media de la mañana. Se levantó, y comenzó a caminar alrededor de los cuerpos dormidos de los demás. Pensó en el Capitán McElroy. Parecía demasiado ser paciente respecto a su desafío, y Brice tuvo la sensación de que esto era una muy mala señal.

Cuanto más pensaba en ello, más se convencía de que no iban a sobrevivir. A la velocidad con que estas cosas se habían apoderado del barco, él asumió que no quedaba un pasajero humano normal, y si lo había, estaban en la misma situación que Brice y sus compañeros de trabajo estaban atravesando en el puente.

Tiene que haber una manera, pensó para sí mismo mientras miraba a su alrededor. Había pensado en los conductos de aire. Parecía ser la única solución, pero cuando se lo había presentado a George Meade, el asistente del capitán, había mostrado resistencia. Meade estaba familiarizado con todos los aspectos del barco, y creía que sin un mapa de los conductos de aire uno ciertamente se perdería. Dijo que lo mejor que podía ocurrir es que murieran de inanición en los conductos en lugar de hacerlo a manos de los zombis.

Brice pensó que a pesar de todo era una forma mucho mejor de morir.

Llevó una de las sillas a la chimenea y se paró en ella. Podía sentir un ligero aire ventoso contra su cara. Cerró los ojos y se permitió disfrutar de la sensación por un minuto. Él esperaba que sobrevivieran a esto.

Los sonidos del otro lado de la puerta se habían hecho más fuertes ahora, lo que significaba que el capitán McElroy había regresado para ayudar a los demás a atravesar la barricada. Escuchó con los ojos cerrados la risa maniática del capitán. Sí, ahí está, pensó.

Tal vez lo mejor que podían hacer era darse por vencidos. No era lo que él quería hacer, pero en realidad era lo único que tenía sentido. Si esta situación hubiera ocurrido en tierra, habrían tenido una oportunidad; había infinitos lugares para esconderse, y aún más medios de escape. Pero no sucedió en tierra. Estaba sucediendo en el medio del Océano Atlántico.

Se dejó caer en la silla en la que había estado parado y puso su cabeza en sus manos. Su mente se volvió hacia los aspectos científicos del desastre en el que se encontraban. ¿Cómo había sucedido esto? ¿Qué había causado las terribles transformaciones? El médico estaba al borde de la locura tratando de resolverlo. Sacudió la cabeza y gimió de frustración.

"No vamos a lograrlo, ¿verdad, doctor Cummings?". Era Katie la azafata. Estaba sentada ahora, y parecía estar más tranquila que cuando todo comenzó.

Él le dio una débil sonrisa y dijo: "No lo sé, Katie. No lo sé".

"Tengo que usar el baño", dijo.

Brice soltó una leve risa. "Bueno, daré la vuelta mientras usas el cubo de metal". Todos lo habían estado usando, y el hedor en el puente era terriblemente fuerte, pero ¿qué otra opción tenían?

Se giró en la silla y miró hacia la pared. Escuchó que su flujo de orina comenzaba, y parecía continuar para siempre. La chica debe haber estado aguantando por bastante tiempo.

Cuando terminó, dijo: "Puede darse la vuelta ahora, doctor. Gracias".

Él giró hacia atrás para verla de nuevo en su lugar en el piso. Ella lo estaba mirando a través de las luces tenues, y dijo: "Estoy empezando a pensar que aguantar aquí es un medio inútil de salvarnos a nosotros mismos. He estado pensando en saltar al océano y dejarme caer a la suerte".

Brice alzó las cejas. Casi parecía un plan lógico, pero el hecho era que morirían en el intento si seguían ese camino. "No está bien, Katie", dijo. "Si los zombies no nos atraparan, los tiburones lo harían".

"¿Qué hay de la idea con las bengalas?", continuó. "¿No hay algo que podamos hacer con las bengalas?".

Brice soltó un largo suspiro y negó con la cabeza. "He estado prestando atención a la parrilla, pero George dice que no tiene sentido. Probablemente tiene razón; él conoce el barco mucho mejor que yo. Es la única solución que puedo encontrar, y no es una solución en absoluto. Es una táctica de pérdida".

"A la muerte no le gusta estar estancada", dijo Katie en voz baja. Con eso, ella volvió a bajar al piso de espaldas a Brice, y en la penumbra pudo ver cómo se le agitaban los hombros; estaba llorando en silencio.

Se reclinó en la silla y cerró los ojos una vez más mientras escuchaba a los zombis del otro lado. No vendrían nuevas ideas. La única salida parecía ser ceder ante ellos. Katie tenía más razón de la que creía: a la muerte no le gustaba estancarse.

CAPÍTULO 17

Carl Morgan estaba sentado en la habitación de su hotel en la oscuridad. No podía apartar su mente de lo que había visto en el callejón. Nunca se había encontrado con tales fenómenos de la naturaleza como los que corrían a en el contenedor de basura. Miró el despertador cerca de la cama: a las nueve y media de la mañana. El equipo llegaría a Belice a las ocho, y él estaría allí para saludarlos. Todos irían directamente al sitio y decidirían cómo tratarlo.

Carl se levantó y fue al baño a darse una ducha. Se tomó su tiempo en el agua humeante, y ayudó a aclarar su cabeza un poco. Ahora todo lo que necesitaba era una taza de café increíblemente fuerte. No había dormido bien anoche. Cada vez que cerraba los ojos, soñaba con ratas deformes y cadáveres que se movían solos.

Salió de la ducha, se secó y se vistió. Una vez que estuvo todo listo, salió de la habitación, luego compró un java rígido para llevarlo al aeropuerto. Estaba tan aliviado al saber que el equipo estaría allí finalmente. La situación que les esperaba los iba a dejar consternados.

En el aeropuerto aparcó el vehículo y después entró para conocer al equipo. Se levantó, con el café en la mano, observando a todos y cada uno mientras bajaban del avión. Finalmente, un trío formado por dos hombres y una mujer se acercó a él.

"¿Carl Morgan?", el hombre más alto preguntó.

"Sí", asintió y le tendió la mano para saludarlo. "Soy Carl Morgan".

El hombre tomó su mano y asintió. "Soy David Umbridge ", dijo, y luego hizo un gesto a los otros dos con un movimiento de cabeza. "Estos son mis compañeros de equipo: Kim Johnson y Keith Mitchell".

"¿Cómo procederemos?", Carl preguntó. "Mi vehículo de alquiler está estacionado afuera, pero estoy pensando que deberíamos cambiarlo por una furgoneta. ¿Tienen todo su equipo, supongo?".

Mitchell respondió: "Sí. Necesitamos sacarlo de la cinta transportadora de equipaje".

"Bien, bien", respondió Carl. "Si quieren ir a hacer eso, cambiaré el auto. ¿Nos encontramos en el lugar de alquiler cuando todo haya terminado? Entonces podré informarles sobre la situación durante el viaje".

Se separaron, y Carl se dirigió al equipo de alquiler de automóviles. Tenía una gran camioneta convertible, asegurada bajo el CDC, y pronto los cuatro conducían al laboratorio.

"Bueno", comenzó Carl, "Supongo que comenzaré desde el principio". Estoy seguro de que les han dado informes sobre la llamada inicial que recibimos. Bruce West, es un estadounidense, que fue asistente de laboratorio de un tal Dr. Jonathan Anson. Anson sufrió un accidente y actualmente se encuentra en estado de coma. Los médicos no esperan que sobreviva".

Kim habló por primera vez. "Entonces, ¿qué estaban haciendo aquí?".

"De acuerdo con el informe que Bruce West le dio al cuartel general, él y el Dr. Anson habían tenido algunos problemas en Estados Unidos. Estaban trabajando en un suero para prolongar la vida o erradicar la muerte, como prefieras interpretarlo", hizo una pausa y se aclaró la garganta. "Estaban experimentando ilegalmente con animales, así que vinieron aquí para continuar su trabajo sin problemas".

"¿Entonces qué pasó?", preguntó Keith Mitchell. "¿Gases venenosos?".

Carl mantuvo su mirada en el camino y negó con la cabeza. "Al parecer, sus estudios resultaron exitosos. De hecho, aprendieron cómo prolongar la vida, o eso parece. El problema radica en qué más lograron hacer".

Se quedó en silencio cuando recordó los cuerpos en el piso, luchando por levantarse y vivir de nuevo. "Crearon monstruos", afirmó con simpleza.

"¿Monstruos?", David preguntó. "¿De qué diablos estás hablando?".

Miró al hombre por el rabillo del ojo y le ofreció una débil sonrisa. "Le inyectaron a las ratas un suero que les permitió volver a la vida después de morir. El problema es que son violentas y hambrientas. Se comen unas a otras, luego la víctima vuelve a la vida".

"Dios mío", susurró Kim Johnson en voz baja.

Carl la miró por el espejo retrovisor. "Ya pronto verán".

Llegaron al edificio de ladrillo en media hora, y todos ellos sacaron su equipo de la camioneta y se dirigieron hacia el edificio. Carl saludó al oficial indicando su regreso. Cuando llegaron a la puerta, Carl se volvió hacia ellos. "Espera", dijo. "Cambié de parecer. Creo que primero debería mostrarles el contenedor de basura".

El grupo bajó los escalones de la entrada, con el equipo en la mano, y caminó hacia la entrada del callejón. Carl sacó un cuchillo del bolsillo, cortó los hilos de la cinta roja y luego hizo un gesto con la cabeza para que lo siguieran.

"Inicialmente bajé aquí, porque era obvio que uno de los contenedores de basura era de este edificio", dijo Carl.

"Tenía curiosidad sobre lo que estaban desechando, así como de la manera en que se deshacían de él".

Mientras se acercaban al contenedor, Kim Johnson se detuvo de repente. "¿Oyen un ruido chirriante?".

Sus dos socios escucharon atentamente, luego Carl habló. "Escuchen. Eso es lo que quiero mostrarles".

Se detuvo frente al contenedor y señaló primero al perro que se retorcía. "No sé cómo está vivo, pero parece que no puede morir". Es un desastre".

Contemplaron el horrible lugar solo por un momento antes de que Keith Mitchell dijera: "Necesito obtener algunas muestras".

"Espera", respondió Carl. "Quiero mostrarles esto primero. Luego puedes tomar todas las muestras que quieras".

Con eso, encendió la luz de su pluma, abrió la tapa y se hizo a un lado. Apuntó la luz al contenedor para mostrar a los demás lo que había dentro. Todos ellos dejaron de respirar.

"¿Qué diablos?", la voz de Umbridge sonaba confusa y enferma.

"¿Están enfermos? ¿Qué son?", preguntó Kim.

Carl bajó la tapa. "Son ratas que han muerto y resucitado una y otra vez".

"¿Cómo puedes saber eso?", preguntó David Umbridge.

Carl se rió y negó con la cabeza. Sintió que se estaba volviendo loco. "Cuando veas lo que hay dentro, sabrás cómo llegué a esa conclusión. Pueden obtener muestras aquí cuando hayamos terminado dentro".

Los cuatro hicieron su camino de regreso a la puerta principal. Todos estaban abrumados de disgusto, y querían entender la situación de inmediato. Según lo que habían visto hasta ahora, tenían un serio dilema en sus manos.

CAPÍTULO 18

Para cuando los dos zombis en el sauna se comieron a Ron Rogers, él ya había empezado a regresar. Habían logrado extraer la mayor parte de la sangre en su cuerpo, junto con su antebrazo izquierdo y su riñón derecho, ¿Pero qué más daba? Ya no lo necesitaba.

Ahora Ron estaba luchando por pararse, y el hombre desnudo lo ayudó a ponerse en pie. Señaló el conducto de aire y con voz lenta y espesa preguntó: "¿Adónde conduce esto?".

Ron miró hacia el enorme agujero y sonrió. "¡Adónde queramos!", respondió.

Las torpes bestias peleaban contra sus cuerpos para hacer lo que querían que hicieran. El que se habia comido al hombre desnudo del sauna dijo: "Quiero llegar allí".

Los otros dos ayudaron al primero, luego el chico musculoso del sauna ayudó a impulsar a Ron.

Finalmente, los otros dos se agacharon y lo levantaron junto con ellos.

"Podemos llegar a cualquier parte del barco por aquí", les dijo Ron. "Sé dónde hay suficiente carne fresca que puede durar mucho, mucho tiempo".

Con eso comenzó a liderar, y de repente parecía que sabía cómo atravesar los ductos como si hubiera nacido allí. Sabía que se había perdido antes, pero su mente muerta no entendía cómo. La realidad era que él iba por el olor, y podía oler mejor que nunca. Olía a la gente. Adultos y niños por igual.

Caminaban con dificultad, uno tras otro, y no prestaban atención a la cantidad de ruido que hacían. No había lugar en que la gente pudiera esconderse aunque los oyeran venir.

∞

Tom se paró debajo de la chimenea y escuchó atentamente. Creyó escuchar a Ron allí arriba, pero no estaba seguro. Cerró y aseguró la rejilla después de una hora, tal como Ron le había dicho que lo hiciera, y ahora estaba esperando ver si el hombre iba a regresar.

Él había revisado a las mujeres y los niños hace una hora y les permitía usar el baño en pequeños grupos. Ahora estaban todos dormidos, como lo estaban Red y el tipo que lloraba todo el tiempo. Él era el único despierto dentro del gimnasio.

Él y los otros dos hombres habían amontonado todo lo posible frente a la puerta rota. Todavía podía oír a los monstruos arañar, golpear y hacer sus sonidos guturales, pero la puerta no ya no sonaba más. Incluso pensó que el sonido que emitian habían disminuido. Tal vez se fueran finalmente.

Tom se deslizó por la pared e inclinó las rodillas para tener un lugar donde descansar los brazos y la cabeza. Estaba tan cansado que no podía pensar con claridad, pero alguien tenía que ser responsable. Sabía que ni Red ni el llorón eran capaces.

Acababa de quedarse dormido cuando escuchó un eco que provenía de la chimenea. Sonaba como si alguien se arrastrara hacia él. ¡Tenía que ser Ron!

Tom se levantó y presionó su oreja contra la pared en un esfuerzo por escuchar los sonidos con más claridad. Efectivamente, ¡alguien venía hacia ellos en la chimenea! Agarró el cubo sobre el que habían estado y lo puso debajo de la parrilla. Luego se paró de puntillas y miró por el fondo, y solo pudo hacer eso apenas.

Estaba entrecerrando los ojos, luchando por ver cualquier cosa a través de la oscuridad. El sonido de Ron no se oía como antes. Hubo mucho más de un eco, casi como si hubiera alguien con él.

El corazón de Tom se detuvo cuando la verdad se hizo evidente. Habían llegado a Ron, y él estaba trayendo a otros de vuelta para llegar a todos ellos. Bajó del cubo y miró alrededor de la habitación en busca de algo, cualquier cosa, que funcionara como una especie de arma.

Todo el equipo era lo último en tecnología. Ni siquiera existía una pesa sobre una cuerda aquí. Había pelotas de ejercicio que serían inútiles. Había algunas cuerdas de saltar. Aparte de eso, estaba con las manos vacías.

Volvió a mirar hacia la reja, con los ojos muy abiertos. Se estaban acercando. Todo lo que se le ocurrió hacer fue cerrar la puerta y luego amontonar cosas en el exterior, tal como lo habían hecho con la entrada principal. Cerró la puerta, la cerró con fuerza y salió al gimnasio principal.

"¡Oye, Chico!, ¡Necesito que te despiertes! Necesito tu ayuda", sacudió a Red fuertemente, y en menos de un minuto el hombre abrió los ojos y miró a Tom con confusión.

"¿Q... Qué?".

"Creo que tienen a Ron. Vienen en esta dirección a través de las rejas. Necesito que me ayudes a cerrar la puerta de almacenamiento". Se puso de pie y golpeó el pie sin piedad mientras Red luchaba por despejarse la cabeza. "¡Ahora! ¡Ya casi están aquí! ¡Puedo oírlos claramente!"

Los dos hombres se dispusieron a amontonar lo que pudieron frente a la puerta, incluso moviendo un gran escritorio de una de las oficinas. Pronto no se pudo ver la puerta, pero estaban completamente sin materiales con los que bloquear otra puerta si era necesario.

Se quedaron allí quietos, ambos hombres completamente despiertos, mirando la puerta y escuchando. En solo un par de minutos, escucharon los golpes comenzar en la rejilla de metal débil. Se miraron con consternación.

"¡Tommy, Tommy!". Era la voz de Ron, solo que era gruesa y confusa, como si estuviera tratando de hablar con un bocado de comida en la boca. "¡Ayuda a un hermano, Tommy!"

Los golpes eran cada vez más insistentes, y después de menos de cinco minutos lo oyeron separarse por completo. "¡Vamos a buscarte, Tommy!"

Algo dentro de Tom estalló en ese momento. Comenzó a reír histéricamente, y se sentó con fuerza justo en el medio del pasillo donde se encontraban.

"Tom", dijo Red. "¡Tienes que recuperarte!"

Tom dejó de reírse el tiempo suficiente para responder. "¡Sí!". Claro, luchemos para poder ser destrozados".

Fue entonces cuando lo último que le quedaba de cordura se fue para siempre.

El crucero de Fantasy Lines bifurcaba el agua del océano. Estaba oscuro, con solo la luz de la luna viniendo del cielo. El barco estaba iluminado, y si alguien hubiera observado lo que sucedía, habría sufrido un paro cardíaco.

En todos los niveles, había violencia y asesinatos. Las personas se estaban comiendo a sus madres y padres; otros se comieron a sus hijos. El idioma que se hablaba no era más que gruñidos o gemidos entre los monstruos, pero eran capaces de hablarles a los vivos en inglés, y así lo hicieron.

Los zombies querían hacerse cargo de todo el barco, y tenían la intención de atracarlo y hacer lo mismo cuando llegaran a tierra. Mientras tanto, era un caos, donde no había nada más que sangre y violencia.

Los que estaban escondidos sabían que no había escapatoria. Sabían que morirían en el intento. No podían hacer nada más, a menos que quisieran convertirse en la próxima comida de alguien.

Varios pasajeros habían saltado del barco al océano en un esfuerzo por salvar sus propias vidas. Ninguno que tomaba esa ruta había sobrevivido. Todos terminaron ahogándose, y eso sirvió para enojar al Capitán McElroy hasta más no poder. Qué desperdicio de comida perfectamente buena.

CAPÍTULO 19

El capitán James McElroy dejó de golpear la entrada al puente por un rato. Ese juego del gato y el ratón se estaba volviendo mas que tedioso. La única razón por la que quería traspasar el otro lado no tenía nada que ver con su necesidad de alimentarse. Simplemente quería asegurarse de que atracaran según lo programado. Habría un montón de comida de sobra cuando lograran su cometido.

Ahora estaba sentado en su silla en el camarote que una vez había compartido con su esposa, y se estaba comiendo la carne de la pantorrilla de un chico como si fuera un muslo de pollo. El hombre se había dado vuelta poco después de que McElroy lo matara, y ahora estaba en algún lugar a bordo arrastrándose sobre sus manos y rodillas (lo que quedaba de ellas al menos). Le entretuvo pensar que esta pequeña 'familia' estaba creciendo a un ritmo tan maravilloso.

Satisfecho, arrojó la pantorrilla a una esquina de su camarote. Ahora su mente regresó al puente. ¡Maldito George Meade! Debería haber sido el primero en ser reclutado. Tenía el conocimiento y la experiencia necesarios para llevarlos a un lugar seguro. Pero a McElroy no le importó; tan pronto como atracaran, todo estaría bien.

Luchó con su mente mientras trataba de deducir quién estaba en el puente. Estaba bastante seguro de que era el Dr. Brice Cummings, porque no lo había visto desde que todo comenzó. Quienquiera que estuviera allí era alguien que no había tenido en cuenta antes en el barco, por lo que no le preocupaba. Sin embargo, estaba preocupado por Meade y Cummings. ¡Tenía que entrar en ese puente!

Se levantó de su lugar, tropezando mientras intentaba ponerse en pie. Su pierna izquierda no parecía estar funcionando muy bien. El rigor mortis estaba teniendo más efecto, y se dio cuenta que lo estaba consumiendo y obstaculizando demasiado. Extendió la mano para enderezar su sombrero de capitán y mientras lo hacía, su mano le rozó la frente. Una capa de piel se desprendió de él y cayó al suelo. Él no le prestó atención.

Él estaba listo para tomar la delantera. Los únicos humanos que quedaban a bordo era un gran grupo en el área de entrenamiento físico y el personal resguardado en el puente de comando. Sí, ciertamente estaban lográndolo. Tendrían que reservar algunos humanos y mantenerlos hasta que atracaran si querían aplastar su hambre incesante.

Decidió dirigirse a aquellos que intentaban entrar al gimnasio. Les daría instrucciones específicas solo para morder e infectar a los demás, no para disfrutar demasiado comiéndolos. No sabía si funcionaría, considerando que el hambre parecía apoderarse de todo su ser, pero debía hacerlo. Haría lo mismo también con los que están fuera del puente.

Corrió por el pasillo hasta el ascensor, arrastrando su pierna derecha. Entró y apretó el botón, luego apoyó su peso contra la pared. Su estómago gruñía exageradamente.

Oh, no podía esperar para atracar. Sería como un buffet. Él sonrió con sus dientes podridos.

El mundo y todo lo que hay en él sería suyo.

El único problema que podía prever, y que no era claramente debido a su estado, era la falta de carne fresca en el barco. Sabía que había un par de grupos escondidos, y todos estaban tratando de llegar a ellos, pero mientras tanto todos comenzaban a comerse el uno al otro, y el resultado era detestable. Necesitaban carne, y la necesitaban pronto. Tenían que llegar a los que estaban escondidos, y tenían que hacerlo rápido.

El Dr. Cummings y George Meade estaban tratando de encontrar una solución, cualquier solución, a la difícil situación en la que se encontraban.

"No entiendo, Brice", dijo George. "Estamos en el área de control del barco. ¿Por qué no simplemente evitamos el atraque?"

Cummings agitó la cabeza vigorosamente. "Por un lado, fuera estaremos en el medio del océano, sin ayuda y sin manera de obtenerla. En este momento, tenemos la mitad de posibilidades de llegar a tierra y escapar. Podríamos ser capaces de alejarlos, o podemos tener esperanzas, al menos".

"Pero Si evitamos el ataque, podemos estar seguros de que estos monstruos no lastimarían a nadie más", continuó George.

"Mira", respondió Brice con voz firme. "Yo quiero sobrevivir, tú quieres sobrevivir. Si no evitamos el ataque, no hay posibilidad de supervivencia en absoluto. Claro, el bote estará en el medio del océano, pero no sabemos si estos monstruos pueden incluso ser asesinados, mucho menos morir porque se han quedado sin comida". Él negó con la cabeza otra vez. "No, vamos a atracar, y vamos a luchar contra ellos hasta el final, ya sea que pisemos tierra o no".

Quedarse atrincherado en el puente tampoco era la solución, y él lo sabía. Era solo cuestión de tiempo antes de que llegaran a ellos. Alguien necesitaba armarse de valor e intentar salir y conseguir un bote salvavidas para llegar a tierra. Alguien tenía que hacerlo.

Sabía que sería él. Así que comenzó a ordenar un plan que les daría una oportunidad. Estaba seguro de que podía pensar en algo.

R.W.K. Clark

CAPÍTULO 20

Tom empezó a reírse. Al principio, era una risita tonta, que se le escapó cuando distinguió la voz de Ron Rogers al otro lado de la puerta. Lo habían atrapado, lo que significaba que lo convertirían en uno de ellos, a Red y a los demás. La idea, por alguna razón, le pareció hilarante.

Fue entonces cuando empezó a tener un ataque de risa mayor. Red lo miraba, con la boca abierta.

"¿Qué estás haciendo, Tom?". Preguntó lentamente.

Tom se volvió hacia él, sus ojos salvajes. "Si no puedes vencerlos, únete a ellos. Si no puedes vencerlos, únete a ellos".

∞

Red se puso de pie lentamente, manteniendo un ojo firme en Tom. El tipo estaba perdido, no había duda. Parecía tener la intención de dejar entrar a los zombis y que tomaran el control. No iba a dejar que eso sucediera; de ninguna manera.

Red sintió un poco de pánico; tenía que detenerlo, pero Tom era mucho más fuerte que él. Miró a su alrededor con nerviosismo, y fue entonces cuando vio un poste de metal parado en la esquina detrás de un par de cajas.

Se acercó y lo agarró; tenía algo de peso, a pesar de que era hueco en el medio. Estaba claro que era acero. Red sabía que era parte de un conjunto de barras para hacer pesas. Se volvió hacia Tom. "Tom, voy a pedirte que detengas a ese tipo, solo siéntate allí y quédate quieto". Dijo, tratando de sonar lo más autoritario posible. Tom se volvió y lo miró, riendo.

Red tuvo que hacerlo. Se armó de valor, al menos tanto como pudo, luego se acercó a Tom, y sin pensarlo dos veces movió el poste. Golpeó a Tom en la cabeza produciendo un gran sonido metálico, y Tom cayó al suelo. Su mano se fue a la parte posterior de su cabeza, y cuando la retiró, estaba cubierta de sangre.

"Te dije que te quedaras quieto", dijo Red. "Te golpearé de nuevo si es necesario".

Tom yacía en el suelo con una mirada aturdida en su rostro. Red se paró frente a Tom, quien comenzó a reír de nuevo.

"Nos van a atrapar", dijo Tom.

En ese momento, un niño comenzó a llorar en voz alta. Era uno de los niños escondidos en el almacén con las mujeres, al otro lado del pasillo. Durante una fracción de segundo, los monstruos detuvieron sus golpes y escucharon.

Una voz confusa gritó. "¡Más carne, aquí abajo!"

Sus pasos comenzaron a moverse hacia el área de almacenamiento. ¡Iban hacia las mujeres y niños! No podrían protegerse a sí mismos, ¡No había No había ninguna posibilidad!

"Maldita sea, tenemos que detenerlos", dijo Red. "No podemos permitir que esto suceda".

Tom solo se acostó en el piso sangrando y riendo. Ya no valía nada en este punto. Red sabía que no podía quedarse aquí y escuchar a los monstruos matar y comerse a las mujeres y a los niños. Tenía que hacer algo.

"Al diablo todo", pensó. No podría vivir con el cargo de conciencia si sobrevivía y las mujeres y los niños morían. De ninguna manera.

¡Iba a salir a luchar contra ellos!

∞

Los cuatro agentes de CDC se habían vestido con equipo de protección y ahora estaban de pie en la entrada del edificio de ladrillo. Carl Morgan los estaba informando sobre lo que verían cuando entraran al área del laboratorio. Sin embargo creía que ni con todas las instrucciones del mundo realmente estarían prepararados, pero al menos podría decir que lo intentó.

"Cuando llegué aquí, eché un vistazo a esta área", comenzó. "Nadie estaba en el escritorio; el lugar parecía estar completamente vacío. Pero luego pasé por esa puerta, y fue entonces cuando escuché los ruidos".

Keith Mitchell se aclaró la garganta. Sus ojos se veían nerviosos y parecía estar trabajando muy duro para mantenerse enfocado. "Entonces, ¿Qué rayos hay ahí atrás? ¿Qué hizo este Jonathan Anson?".

"Bueno, hasta donde puedo decir, logró derrotar a la muerte, al menos hasta cierto punto", respondió Carl. "Las ratas de prueba han estado haciendo lo mismo que las ratas en el contenedor de basura. Parece que se han estado comiendo unas a otras y luego reviviendo, una y otra vez".

Ahora Kim Johnson habló. "Así que en pocas palabras lo que veremos a continuación es un grupo de ratas caníbales".

"Sí", dijo Carl. "Pero más que eso vas a ver a Bruce West y a una mujer, supongo que era su secretaria, se la comió y ahora están, o estaban, a punto revivir también".

"Quién sabe de lo que es capaz de hacer un muerto resucitado", dijo David Umbridge. Respiró profundamente. "Bien, hagamos esto".

Con Carl a la cabeza, los cuatro pasaron por la puerta marcada como 'Restringido'. Ignoró cualquier otra puerta y caminó directamente hacia el laboratorio. Carl miró primero.

"Solo veo a Bruce West", dijo. "¿Dónde está esa mujer?".

Dio un paso atrás y dejó que Keith mirara por la ventana. West estaba tambaleándose, se movía haciendo círculos, y estaba cubierto por los trozos de piel y pelos de las que alguna vez fueron ratas. Con un nudo en la garganta, Keith se tambaleó hacia atrás desde la puerta, permitiendo que Umbridge se acercara.

"Increíble", dijo David. "Parece que está intentando llegar a la puerta, pero no está teniendo mucha suerte".

Algo resonó detrás de ellos. Sonaba como un metal golpeando el piso. Los cuatro se dieron la vuelta.

Detrás de ellos estaba la mujer. Apenas reconocible como ser humano. Los cuatro la miraron atónitos con los ojos muy abiertos. La mujer abrió la boca y dejó escapar un chillido casi ensordecedor. Luego empezó a tambalearse hacia adelante.

David Umbridge era el único agente que estaba armado, y eso solo porque tenía licencia para portar armas todo el tiempo. Nunca estaba desarmado, pero los otros no tenían ningún deseo, o necesidad de tener una. Al menos no hasta este día. Umbridge se dio cuenta de que la pistola estaba resguardada bajo el equipo de protección, y no tenía idea de cómo llegar a ella rápidamente.

Cuando la mujer muerta se tambaleó hacia ellos, caminaron hacia atrás. Fueron solo unos pocos pies antes de golpear la pared trasera. No había ningún lugar a donde correr.

David extendió la mano y abrió el cierre del frente de su equipo, luego metió la mano y sacó la pistola de su funda. Con los ojos fijos en la mujer muerta, quitó el seguro del arma y apuntó directamente a su cabeza. Antes de que nadie pudiera pensar, apretó el gatillo.

La bala golpeó el centro de la cabeza de la mujer, dejando un pequeño agujero limpio en la frente y salpicando cesos por toda la pared detrás de ella. Golpeó el piso como una bolsa de arena. Todos continuaron mirándola.

"Le diste", dijo Kim. "No se está moviendo; ¿Crees que está muerta?".

"No lo sé", respondió David.

Keith avanzó lentamente hasta que estuvo a solo un par de metros del cadáver, luego bajó la mirada hacia su rostro con los ojos abiertos. "Creo que está muerta".

Se arrodilló para ver más de cerca. De repente la mujer se sacudió, y en un momento se había situado sobre él. Lo tomó del pelo y le mordió la oreja con los dientes, arrancándosela.

Keith estaba tratando de liberarse, pero fue en vano. Tenía una fuerza asombrosa su fuerza era incomparable. David, Kim y Carl entraron en acción. Todos agarraron a Keith, que gritaba y gritaba mientras la mujer le mordía el cuello. Siguieron tirando de él, incluso a pesar de que la sangre salía disparada de su cuello como un géiser.

David pensó, "Ya está muerto".

Los tres juntos no podían competir con la mujer zombi. Ya había puesto su atención en Kim, quien gritaba mientras la mujer le mordía la mano. David agarró a Carl por el hombro y tiró de él hacia atrás.

"¡Tenemos que salir de aquí!"

Atravesaron la puerta que conducía a la entrada y la cerraron de golpe detrás de ellos. Luego movieron el pesado escritorio de roble en frente. Se apoyaron de espalda contra él y se detuvieron para recuperar el aliento. Todo lo que podían oír desde el otro lado de la puerta eran los gritos de Kim y algunos ruidos distantes. En cuanto a Keith, no emitió ningún sonido.

Había una pequeña ventana cuadrada en esta puerta, al igual que en las otras, pero estaba cubierta con una pesada cartulina marrón. Carl se puso de rodillas sobre el escritorio y comenzó a arañar la cinta que sostenía el papel marrón en su lugar. Lo arrancó rápidamente.

"Oh, no", dijo, con la voz temblorosa.

David subió al escritorio. "¿Qué ves? Hazte a un lado, Morgan".

Carl se sentó de espaldas, sus ojos distantes y confundidos. David miró a través de la ventana para ver que Keith ya estaba dando tumbos, mientras que Kim yacía en el suelo boca arriba mientras se la comía la mujer.

"Keith está tratando de sentarse", dijo David con voz aturdida. "¡Está tratando de ponerse de pie, Carl!"

"Está reviviendo", dijo Carl con la mirada perdida. "Traté de decirte, esto es lo que sucede. No sé cómo matarlos. No sé cómo hacer que se detengan".

David se volvió hacia él, sus ojos salvajes. "Bueno, tenemos que resolverlo, hombre, ¡y ahora!". Miró hacia atrás a través de la ventana justo a tiempo para ver a Kim sacudir sus brazos. También estaba reviviendo.

"Tenemos que quemar este lugar por completo", dijo David finalmente.

Eso llamó la atención de Carl. ¡Por supuesto! Si los quemaran, no quedarían cuerpos por resucitar. No sabía si funcionaría, pero sonaba como la única solución factible.

"Voy a llamar al cuartel general y les diré lo que tenemos", continuó David, con el rostro lleno de miedo. Si quieren que lo manejemos de otra manera, es probable que no siga las órdenes. Quemaré este lugar hasta el suelo sea lo que sea".

Se levantó del escritorio y se quitó su traje. Luego salió y lo dejó en el piso. Levantó el auricular del teléfono que había estado sobre el escritorio y marcó el número de la sede central de los CDC.

"Marsha, es David Umbridge ", dijo en el receptor. "Necesito hablar con Ray Ashton. Él está a cargo de mi caso. Sí, yo espero".

Después de unos momentos de silencio, habló de nuevo. "¿Ray? Es David Umbridge. Estoy aquí en Belice. Tenemos un problema serio".

∞

Brice se levantó de la silla en la que estaba sentado y miró a George Meade. "Voy a tomar una bengala e intentaré llegar a un bote salvavidas", dijo.

George lo miró como si estuviera loco. "¡Estás loco! ¡Te matarán! Miró a los demás, quienes escapaban de la situación durmiendo. "¿Qué pasará con nosotros?".

"Bueno, pueden venir conmigo y correr el riesgo o pueden quedarse aquí", dijo. "Ustedes deciden".

George estaba irritado. Era como si Brice no pudiera pensar con claridad. "Si dejamos el puente de mando, el capitán podrá hacer lo que quiera con este maldito bote, ¡y sabes lo que eso significa! Atracará y luego irá a la tierra. ¿Te imaginas el desastre, Brice?"

El Doctor asintió. "Pero si nos quedamos aquí, tenemos que darnos por muertos". Por lo que sabemos, no podemos matar a esos monstruos. Estoy dispuesto a arriesgarme".

George dejó escapar un suspiro de exasperación y negó con la cabeza. "No puedo abandonar el barco, independientemente de la situación. Claro, nuestras vidas corren peligro, pero como dijiste, hay gente en el continente en la que debemos pensar". Él negó con la cabeza otra vez. "Me voy a quedar aquí y luchar contra ellos si tengo que hacerlo. Atracamos en dos días".

"Bueno, me voy", insistió Brice. Fue hacia el gabinete que contenía las bengalas. Lo abrió, tomó dos bengalas y el arma.

"No lo lograrás solo, Brice", insistió George. "Mejor quédate aquí".

Sacudió la cabeza y miró a George a los ojos. "Aquí solo somos peces en un barril".

"Entonces, ¿cómo piensas salir de aquí sin poner en peligro al resto de nosotros?".

Brice miró hacia la reja. "Por allí. Me arrastraré hasta que encuentre una salida que esté libre de zombis, luego me dirigiré a los botes salvavidas por las cubiertas".

No tenía sentido lo que decía. George no podía concebir que este plan funcionara para Brice Cummings. Había alrededor de tres mil pasajeros en el barco, y ahora todos, o al menos la gran mayoría, habían cambiado. No habría ningún lugar seguro para poner los pies en el suelo sobre la cubierta.

Pero Brice ya estaba desenroscando la rejilla con la herramienta multiusos. "Desearía que lo reconsideraras", dijo George.

Brice lo ignoró. Tenía la rejilla afuera y estaba ocupado poniendo las bengalas y la pistola en su bolsillo. "Ven a ayudarme", le dijo a George.

George negó con la cabeza y le dio a Brice el impulso que necesitaba para subir a los conductos de aire. "Ya que decidiste quedarte, asegúrate de reemplazar la parrilla". Estoy seguro de que quieres resguardar lo más que puedas, el mayor tiempo posible".

"Sí. Ya pensé en eso", respondió George. Cogió la rejilla y los tornillos, luego le dio a Brice una última mirada. "Buena suerte".

"Gracias", dijo. "Estoy seguro de que la necesitaré".

R.W.K. Clark

CAPÍTULO 21

El capitán James McElroy se detuvo en el punto más alejado de la cubierta. Desde allí fue capaz de mirar hacia arriba y apreciar mejor lo que estaban haciendo sus zombis en todos los niveles. Pudo ver que estaban ocupados; verdaderamente muy ocupados. Si bien no podía ver todas las tiendas o instalaciones, sabía que cada una estaba repleta de zombis, y que estaban haciendo un excelente trabajo alimentándose y reproduciéndose.

Estaba hambriento, ya se habían comido casi todos los humanos frescos en el barco. Mientras estaba allí, captó un fuerte olor a sangre fresca. ¿De dónde vendría eso? ¿Todavía había humanos por devorar?

Comenzó a caminar bruscamente en dirección al olor. A medida que se acercaba, se dio cuenta de que todos los zombis se dirigían hacia la misma dirección. Excepto los que estaban en el puente, los humanos que él olía probablemente eran los últimos en el barco, y no estaba dispuesto a compartir lo que había descubierto con los demás.

Estaba dirigiéndose hacia el corredor principal que conducía al gimnasio. El olor era tan intenso que le hacía arrugar la nariz. El frente del gimnasio estaba cubierto de zombis, y el capitán se vio obligado a tirarlos, uno a la vez, lejos del cristal. Se metió al área principal y se percató de que todos los zombis que habían entrado estaban apiñados alrededor de una puerta en la parte posterior de la instalación.

Ahí era donde estaba la carne. Despedía un olor fuerte, como si la tuviera justo en frente.

Comenzó a caminar por el pasillo hacia la sala de almacenamiento donde estaban las mujeres y los niños. Los zombis golpeaban la puerta y arañaban las paredes, estaban hiriendo a alguien. Podía escuchar una mujer gritando y niños llorando, los sonidos solo hacían más fuertes sus ganas por comer.

Pasó por una puerta a su derecha, y fue entonces cuando oyó a alguien hablar. Se giró para ver una puerta justo a su lado, y extendió la mano hacia el mango. Estaba cerrada con seguro. Presionó su oreja a la puerta y escuchó.

"¡Tom, levántate! Las mujeres y los niños están en problemas", dijo una voz. "Necesitas ayudarme a bajar esta barricada para que podamos ayudarlos".

"No estoy ayudando a nadie", respondió otra voz. "Me quedaré aquí". Soltando una carcajada enfermiza.

El capitán podía escuchar que movían cosas en la habitación. "¡Estás loco!". Siguen viniendo cosas.

¡Entonces se dio cuenta de que los que estaban dentro de esa habitación estaba derribando la barricada que habían construido!

Se movió hacia un lado de la puerta. Se pararía aquí pacientemente. En muy poco tiempo tendría algo fresco para comer. Simplemente esperaría su momento.

∞

David Umbridge estaba terminando su llamada telefónica con Ray en la sede de los CDC. Relató todo lo que sabía, en gran detalle, con respecto a la situación en Belice. Parecía bastante sombrío, y solo podían esperar que nadie fuera del laboratorio hubiera sido infectado, pero en este momento no había forma de saberlo.

Colgó el teléfono y miró a Carl Morgan. "Vamos a incendiar este lugar. Por completo".

"¿Con qué?", Carl preguntó.

David dirigió su atención a los golpes en la puerta restringida que acababan de comenzar. Estaban tratando de atravesar la puerta. "Ray está haciéndoles saber a las autoridades que necesitamos dinamita, y la necesitamos ahora".

Los dos hombres salieron por la puerta principal y pusieron sus espaldas contra ella. Lo último que necesitaban era que estos zombis salieran del área restringida, porque de esa forma podrían salir a la calle. David y Carl le hicieron señas a los oficiales para que los ayudaran; todos tenían que colaborar para mantenerlos adentro hasta que llegara más ayuda.

Después de unos diez minutos, oyeron un chasquido fuerte desde adentro. David abrió la puerta principal y miró dentro. "La puerta... están destrozándola. No vamos a poder retenerlos mucho más tiempo, Carl".

"Lo sé", respondió. "Pero creo que la ayuda ha llegado".

David se dio la vuelta para ver dos camiones de bomberos y policías de Belice deteniéndose. Dos de las patrullas eran autos regulares con luces en la parte superior, pero el tercero era una unidad encubierta. Un hombre en un traje salió del vehículo y se acercó a ellos. Cuando los alcanzó, dijo con un fuerte acento: "¿Ustedes dos están bajo Control de Enfermedades Estadounidense?".

"Sí", dijo Carl rápidamente, extendiendo su mano hacia el hombre. "Tenemos un pequeño problema".

Los tres hombres hablaron brevemente sobre la situación. El policía, cuyo nombre era Baros Abana, relató a los hombres lo que Ray del CDC le había dicho por teléfono, y lo confirmaron todo.

"Tendrás que disculparme", dijo el oficial Abana, "Pero estoy teniendo dificultades para creerte. Parece que se hayan inventado esa historia".

David asintió. "Lo sé, pero es real, señor".

Desde adentro, gritaban y gritaban, era completamente inentendible, y la puerta se estaba rompiendo, haciéndose cada vez más y más débil con cada golpe".

"Como pueden ver, tenemos muy poco tiempo", dijo Carl. "Si logran salir, nunca podremos controlar la situación".

Abana se giró e indicó a dos de sus hombres que se unieran a ellos. Ambos hombres llevaban grandes bolsas de lona negra. "Estos hombres se harán cargo de la instalación y la detonación de los explosivos. Ahora nos ocuparemos de eso".

Luego se volvió hacia sus hombres. "Aseguren las seis unidades a este edificio, y asegúrese de hacerlo todo bien. Necesitamos garantizar que el problema se erradique por completo".

Los hombres asintieron y los dejaron para ponerse manos a la obra. Mientras trabajaban Carl, David y Abana hablaron sobre el tema, pero a los diez minutos, los hombres escucharon un ruido ensordecedor desde el interior del edificio. Abana miró por la ventana y sus ojos se agrandaron. Pareció entrar en pánico, pero pronto se recompuso. Corrió hacia los hombres que estaban armando los explosivos y gritó algo, luego corrió hacia Carl y David, quienes estaban luchando por mantener la puerta cerrada con sus cuerpos.

"Detonarán en dos minutos. Debemos mantener a los monstruos dentro hasta que nos den la señal". Abana inclinó su propio cuerpo contra la puerta para ayudar a los demás a mantenerla cerrada, liberando las manos de David lo suficiente como para terminar de envolver la cadena alrededor de las manijas.

Menos de dos minutos después, los expertos en explosivos llegaron corriendo. Cuando pasaron, uno de ellos le gritó a Abana. "Ve ahora". Abana gritó. "¡Debemos cruzar la calle para resguardarnos!"

Bajaron unos cuantos escalones y corrieron hacia la calle donde todos los demás funcionarios estaban esperando. Los ciudadanos habían sido evacuados de las calles y el área estaba acordonada con cinta adhesiva. Había oficiales desplegados alrededor del perímetro.

"¡Tres, dos, uno!". El especialista en bombas empujó el émbolo con fuerza y la dinamita explotó.

CAPÍTULO 22

Gotas de sudor corrían por las sienes de Brice Cummings y le recorrían las mejillas. La limpió con su antebrazo y continuó. Había estado gateando por los conductos de aire durante al menos una hora, y aún no había encontrado una sola habitación que no estuviera ocupada por uno o más zombis.

No estaba seguro de la ruta que debería tomar; estaba avanzando dependiendo totalmente de su propio sentido de dirección. El único problema era que su sentido de la orientación parecía estar un poco apagado. Más de una vez pensó que estaba en el camino correcto, solo para descubrir que no estaba ni cerca de eso. Navegar por los conductos era más difícil de lo que podría haber imaginado.

Llegó a un rincón en forma de L con una rejilla. Se detuvo y miró hacia afuera para ver a dos de los monstruos comiendo trozos de carne. Al menos eso era lo que parecía. Ciertamente no parecía humano.

Observó con horror cómo lo que estaban comiendo cobró movimiento y comenzó a luchar. Brice pensó cuán desdichado sería él en esa situación.

Apartó los ojos de la espeluznante escena y se quitó la camisa abotonada. La dobló como un acordeón en sentido longitudinal y la ató alrededor de su cabeza. Eso ayudará con el sudor, pensó, y estaré mucho más fresco con solo una camiseta.

Se estaba preparando para girar a la izquierda cuando escuchó la voz gorgoteante de un zombi. "Sangre".

Brice retrocedió un poco y miró hacia la reja de nuevo. Uno de ellos tenía su nariz en el aire. Brice pensó mientras su corazón latía fuertemente. "Pueden olerme".

Nadie había notado su olor hasta el momento, y había pensado poco en la situación. Pero ahora el zombi que olfateaba estaba de pie, al igual que el otro que lo acompañaba. Tenía los ojos abiertos y todavía olía, pero caminaba en dirección a los conductos de aire.

Brice no dudó. Empezó a gatear tan rápido como pudo. Ni siquiera se preocupó por no hacer ningún ruido; simplemente entró en pánico y se fue. Podía oír a los zombis debajo de él, e hizo lo que pudo para alejarse de ellos.

Giró a la derecha y aceleró un poco. De repente se detuvo; no podía escucharlos más. Los había perdido.

Se arrastró hasta la rejilla más cercana y miró hacia afuera. Reconoció el mazo de abajo inmediatamente.

Montones de salvavidas fueron colocados cuidadosamente a lo largo de la pared de la cubierta. Entonces contuvo el aliento. ¡Los botes salvavidas estaban allí! Solo necesitaba cruzar el bote.

El conducto formaba una 'V' aquí, e inmediatamente fue a la derecha. Sabía dónde estaba ahora, y su confianza creció. En poco tiempo, se encontró mirando hacia abajo, el primero de muchos botes salvavidas... lo había logrado.

Se detuvo y escuchó con atención, pero no pudo oír nada. Luego buscó en su bolsillo y sacó un par de alicates que obtuvo del kit de herramientas en el puente. Cogió el tornillo y procedió a colocarlo al revés para sacarlo del agujero.

Después de un momento, el tornillo cayó en la cubierta de abajo. Hizo un sonido terriblemente alto, y se congeló. Nada. Brice no escuchó nada.

Continuó con los otros tornillos, cayendo uno por uno. Dos de ellos cayeron en el bote salvavidas, y el último golpeó el piso. Al agarrarse a los paneles en la parrilla, fue capaz de mantenerlo estable, empujarlo y tirar silenciosamente hacia el conducto de aire con él.

Estaré mejor afuera, pensó para sí mismo. En el primer lugar habitado que vea, me detendré y buscaré ayuda.

Bajó los pies por el agujero y luego lentamente bajó su cuerpo. Bajaría a la cubierta y luego todo lo que tenía que hacer era subir por la barandilla. El bote salvavidas estaba asegurado allí mismo.

Sus pies golpearon la cubierta. No podía creer que lo lograra.

"Llegas justo a tiempo", dijo una voz áspera detrás de él.

Brice se dio la vuelta lentamente. Apenas pudo ver el grupo de zombis, habría unos cinco. No podía oírlos, pero estaban sobre él. Podía sentir su carne desgarrarse, y era consciente de que la sangre le corría por el cuello. Su mente sabía lo que estaba sucediendo mientras su cuerpo permanecía en negación; no sentía dolor.

Las luces del Dr. Brice Cummings se apagaron.

∞

"No iré contigo", decía Tom, una y otra vez a Red. Su voz era histérica y su expresión era agresiva.

Red estaba disgustado. "No me importa lo que hagas". Se inclinó y recogió la barra de metal con la que golpeó a Tom.

"Voy a salir. Si te vas a quedar, cierra la puerta cuando me vaya". Hizo una pausa y luego dijo: "Deséame suerte".

"Como quieras", respondió Tom, riendo. "Eres un idiota"

Red apartó la vista de él y colocó la barra en su hombro. Respiró hondo y abrió la puerta. Justo como había dicho, cuando cruzó el borde, comenzó a balancear la barra violentamente.

Los zombies estaban tratando de abrirse camino hacia el área de almacenamiento donde estaban las mujeres y los niños. Red podía escuchar sus gritos. Siguió balanceándose mientras giraba a la derecha. De repente, alguien lo tenía agarrado; apretándolo con fuerza.

Soltó la barra y golpeó el piso. Red intentó ver quién lo tenía agarrado de esa manera tan fuerte, pero en el fondo sabía que daba igual. Los dientes se enterraron en su hombro justo cuando los otros zombis notaron el fácil acceso que tenían a la carne fresca. Se olvidaron de las mujeres y los niños en el área de almacenamiento, aunque solo por un momento.

Entonces estaban sobre él, mordiéndolo y mordiéndolo, arrancándole miembro por miembro. Mientras moría, estaba sonriendo. Había sucedido lo inevitable; si no puedes vencerlos, únete a ellos.

∞

La explosión que ocurrió cuando detonaron la dinamita en el laboratorio fue intensamente poderosa. Las calles y edificios circundantes temblaron con gran severidad. Incluso aquellos que estaban parados en el rango seguro fueron sacudidos por la onda expansiva.

El polvo voló y las llamas se dispersaron por todas partes. Las autoridades y otros curiosos estaban lo suficientemente lejos como para salvar sus vidas pero lo suficientemente cerca como para cubrirse con los restos de la explosión. David Umbridge, Carl Morgan y el agente Abana escanearon el sitio con sus ojos antes de siquiera considerar acercarse. El único edificio que estaba al lado de la ubicación sufrió daños extensos también, pero por lo demás el vecindario permaneció intacto.

"¿Ves algo?", Carl preguntó. El polvo y la suciedad se habían despejado bastante bien, aunque parecía llevar mucho tiempo. Los tres hombres y un grupo de bomberos listos se acercaban lentamente.

David gruñó. "No veo nada más que un gran desastre".

Comenzaron a caminar alrededor del perímetro del edificio. Los ladrillos yacían en montones, y los paneles de yeso ardían. Todos los hombres estaban tosiendo por la contaminación que se había liberado en el aire.

"Espera", dijo el oficial Abana ansiosamente. "En ese lugar". Señaló con el dedo hacia la parte trasera de donde solía estar el edificio.

Una sección masiva de paneles de yeso humeantes se movía arriba y abajo, como si un animal intentara liberarse.

"¡Necesitamos lanzallamas!". Abana gritó. "¡Tráiganlos!"

Un grupo de alrededor de ocho bomberos marcharon llevando lo que parecían ser armas grandes. Cada uno corrió alrededor de los escombros en un círculo hasta que estuvieron uniformemente dispersos alrededor del perímetro, y abrieron fuego, literalmente. Las llamas se dispararon a unos cinco metros de la boca de cada uno, y los bomberos caminaron de un lado a otro, aplicando la llama sobre los escombros.

El panel de yeso que se había estado moviendo de repente pareció ponerse de punta. Uno de los monstruos se levantó de los escombros, con los brazos en el aire, chillando dolorosamente. Comenzó a caminar hacia el primer bombero que vio. El hombre giró el lanzallamas contra el zombi y lo golpeó con toda su fuerza. Inmediatamente, la criatura se incendió, pero para consternación de todos, siguió avanzando.

Dos de los otros bomberos se unieron al primero ahora. También abrieron fuego con sus lanzallamas, causando que el zombi que luchaba quedara arropado por el fuego. Dio unos pocos pasos y luego cayó de rodillas. Mantuvieron el fuego encendido.

Luego cayó boca abajo, sus manos suavizaron la caída. Continuaba moviéndose, impulsado por el mal y la necesidad comer. Mantuvieron las llamas a todo lo que daban, y pronto la cosa se derrumbó en el suelo. Para cuando quitaron el fuego del monstruo, no era más que un montón de cenizas inmóviles.

"No sabría decir si ese era uno de los nuestros o uno de los dos que trabajaba allí", dijo David, finalmente rompiendo el silencio. "¿Y vosotros?".

Carl negó con la cabeza. No podía apartar los ojos de la destrucción. Quería estar absolutamente seguro de que otra de esas cosas no iba a aparecer de repente.

"Me pareció que tenían uno de esos trajes, como la cabeza cubierta", respondió Carl. "No importa. Había cuatro humanos infectados e innumerables ratas en el edificio".

Los hombres enfocaron su atención más claramente en los escombros, ahora queriendo estar seguros de que las ratas no se estaban escapando del lugar.

El agente Abana dijo: "Parece que ya he terminado".

El equipo de lanzallamas comenzó a caminar por el área, rociando los escombros con fuego. Esto continuó por las próximas dos horas, solo para estar seguros. El agente Abana se volvió hacia David y Carl.

"Necesitaré que cubran una declaración", dijo.

David declaró "El Centro para el Control de Enfermedades se encargará de todos los demás trámites, tendremos que llevar a cabo una inspección exhaustiva de este sitio antes de que se vaya. Necesitamos expedir un aviso".

Mientras los tres hombres se paraban detrás del vehículo de Abana, Carl miró el lugar destruido. Había sido demasiado fácil. Algo dentro de él le decía que no había terminado allí. Algo le decía que algunos de ellos habían salido de alguna manera.

Estaba seguro que el problema aún no estaba resuelto.

CAPÍTULO 23

El Capitán McElroy acababa de comerse el cuerpo de Red, y este estaba luchando por regresar. Parece que el capitán había comido demasiado de su pierna, por lo tanto Red era incapaz de mantenerse en pie. McElroy observó con deleite mientras luchaba, luego dirigió su atención a la barra de metal que Red había dejado caer al suelo.

Lo levantó con sus torpes manos y lo miró. Luego miró a los zombies que aún intentaban abrirse camino hacia la sala de almacenamiento donde estaban las mujeres y los niños. Gruñó en voz alta, y tomando la barra, se abrió paso entre la multitud de carnívoros.

Empujó a alguien que estaba en su camino a un lado, hasta que estuvo cara a cara con la puerta de la sala de almacenamiento. Los zombies a su alrededor se callaron. El entusiasmo era obvio en todas sus caras mientras miraban a McElroy para ayudarlos a entrar.

Golpeó la puerta con fuerza de un puñetazo y luego le dio una patada firme. Las mujeres gritaban con miedo desde adentro, y esto hizo que el capitán sonriera. Casi se estaba babeando.

Ahora que había palpado la puerta, tomó la barra firmemente en sus manos y lo golpeó contra la misma. Con la ayuda de algunos de los otros monstruos, golpearon el extremo afilado de la barra contra el mango.

El metal cedió formando un pequeño agujero.

El placer se extendió por la cara de McElroy. "¡Otra vez!". Golpearon la puerta dos veces más, y la atravesaron.

McElroy se arrodilló y apoyó la cara en el enorme agujero. Tenía que haber quince mujeres y niños dentro, amontonados en un rincón llorando histéricamente.

Ahora los zombies estaban rompiendo la puerta de manera activa, y en cuestión de minutos estaban apiñándose dentro. Bajaron en grupo al ataque. Las mujeres gritaban mientras luchaban por cuidar a los niños, pero los monstruos estaban por darse un festín.

Tendrían que atracar pronto, pensó McElroy mientras masticaba el brazo de un niño. Solo quedaba un puñado de banquetes ahora. Apartó los pensamientos de su mente y disfrutó su comida.

Katie, la azafata, estaba sentada exactamente en el mismo lugar en el puente en el que había estado sentada durante todo este desastre. Tenía las rodillas dobladas debajo de la barbilla y los brazos alrededor de ellos para mantenerlos en su lugar. Parecía pensar en algún lugar de su mente que, cuanto más pequeña fuera, menos probabilidades había de que los monstruos la notaran cuando finalmente entraran.

Miró por el rabillo del ojo al oficial de cubierta Kevin Hines. Sus ojos parecían vacíos, como si ya no residiera dentro de ese cuerpo que alguna vez habitó un hombre llamado Kevin. Tenía bolsas oscuras debajo de los ojos, y se destacaban en contraste contra su piel blanca pastosa. Echó un vistazo a la habitación y fijó sus ojos en George Meade. Tenía un arma en la mano (se preguntó fugazmente dónde la había conseguido) y su oreja estaba contra la pared, justo debajo de la rejilla del conducto de aire. No le prestaba atención a nada ni a nadie a su alrededor.

Ella escaneó la habitación de nuevo. ¿Dónde estaba el Dr. Cummings? Entró un poco en pánico, y sus ojos escanearon mucho más rápido, pero no estaba a la vista. ¿Murió? ¿Simplemente 'desapareció?', Comenzó a gimotear, hecho que logró capturar la atención de George Meade.

Volvió la cabeza bruscamente y centró sus ojos en ella en medio de la luz tenue. "¿Estás bien, Kate?".

"¿Dónde está el Dr. Cummings?", Katie preguntó suavemente.

Una sombra cruzó sobre la cara de George mientras se bajaba de la silla. Se llevó un dedo a los labios, como diciéndole que no se moviera, y luego se sentó en el suelo a su lado. "Brice se fue para tratar de llegar a los botes salvavidas, pero nunca regresó".

Una voz salió de las sombras. "¿Cuánto tiempo ha estado fuera?"

Era Rick Harris, el sobrecargo del barco. Se había aislado por completo de los demás durante esta terrible experiencia; Meade casi había olvidado que existía.

"Hace unas seis horas", respondió en voz baja, y su estómago se sacudió. Era como si decirlo en voz alta lo solidificara: los monstruos habían llegado a Brice Cummings, y él no regresaría.

George sabía lo que eso significaba. Significaba que él era el único que quedaba en el puente con el conocimiento y la experiencia para sacarlos de este lío. Era una responsabilidad que de ninguna manera quisiera tener.

De repente, un ruido agudo y astillado salió de la puerta. Sonaba como si los zombies que habían sido tan persistentes finalmente estuvieran cediendo. George rápidamente se puso de pie.

"Rick, Kevin, necesito su ayuda para apilar el resto de estas cosas en frente de la puerta". Se detuvo para revisar los indicadores; todavía estaban en curso. Todo lo que quería era atracar lo más pronto posible, pero por el aspecto de las cosas, no llegarían a Houston hasta mañana por la noche. George se resignó en ese mismo momento, al hecho de que no saldría vivo de este barco.

Él y los otros dos pusieron todas las cosas sueltas que pudieron encontrar contra la puerta. En realidad reforzaron la entrada bastante bien. Los zombis arrojaban sus cuerpos contra la puerta y golpeaban y arañaban, pero nada de lo que formaba parte de la barricada se movía ni siquiera una fracción de pulgada. Todavía tenían un poco de tiempo.

Katie, la azafata, había estado llorando en silencio en su lugar, con la cabeza enterrada en sus brazos, descansando sobre sus rodillas. George se inclinó y le pasó un brazo por los hombros. "Estamos a salvo por ahora, Katie. Intenta relajarte". Ella no sentía consuelo, y no dejó de llorar. Él se levantó, sabiendo que era mejor dejarla sola.

Se volvió hacia los hombres. "Deberíamos atracar en Houston mañana a las 18:00 horas. Si podemos sobrevivir hasta entonces, tenemos una oportunidad, pero realmente tenemos que unirnos para lograrlo". Los hombres lo miraron y le ofrecieron un solo movimiento de cabeza cada uno como señal de confirmación. Sabía que nadie en esa habitación creía que lo iban a lograr.

Escuchaban los sonidos salvajes que venían de afuera de la puerta del puente e intentaron mantener la calma lo más que pudieron.

CAPÍTULO 24

El Capitán McElroy se apoyó en una mesa de roble en una de las oficinas del gimnasio. Había comido demasiado, y luego vio como los otros luchaban por los pocos restos que quedaban después de que las mujeres y los niños se convirtieran. Ahora estaba casi en silencio en el centro, los únicos sonidos provenían de dos de los zombis que se habían confundido en el caos y estaban tratando de comerse el uno al otro.

Torpemente, maniobró su cuerpo corpulento, pudriéndose, poniéndose de pie tan derecho como pudo. Luchó por guiar su propio cuerpo hasta donde los otros dos zombis estaban luchando, si se puede llamar así, entonces echó hacia atrás la pierna y le dio una patada con torpeza al más cercano.

"Levántate y encuentra a los otros", ordenó McElroy. "Tenemos poco tiempo para terminar el trabajo a bordo. ¡Encuentra los otros!"

Se apresuraron sobre sus manos y rodillas, separándose el uno del otro. Ambos tenían aun bocados que estaban masticando, pero su miedo a McElroy tenía prioridad. Se arrastraron lejos de su pie oscilante lo más rápido posible, desapareciendo de su vista.

Dio media vuelta y se tambaleó un poco, sujetándose justo a tiempo para evitar caerse. Respiró entrecortadamente e intentó enfocar su único ojo bueno. Fue entonces cuando escuchó el lloriqueo.

McElroy se detuvo de repente y comenzó a olfatear el aire. Podía oír los sollozos, pero no podía definir por el sonido de dónde venían. Levantó la nariz en el aire e inhaló profundamente.

Venía de su izquierda.

Se volteó bruscamente, casi cayendo en el proceso. Venía de la puerta cerrada, la puerta de la que salió Red cuando llegó al gimnasio.

El llanto era muy distinto; McElroy sabía que alguien estaba allí, incluso antes de que presionara su oreja descompuesta contra la puerta. Escuchó solo por el placer de hacerlo, luego soltó una carcajada profunda, ruidosa y gutural. El llanto se detuvo de inmediato. Pensar en que alguien lo haya escuchado reír, le hacía reírse aún más fuerte.

Golpeó con fuerza con el puño izquierdo y pasó la lengua por la puerta de madera. Olía al hombre que estaba dentro tan claramente que casi podía saborearlo.

¿Qué manera más ideal de culminar una comida tan gratificante que con un llorón, un niño llorón de postre?

"¿Hola?", dijo el hombre desde el otro lado de la puerta. "Big Red, ¿eres tú?".

McElroy acarició la puerta con las palmas de sus manos. "Sí...", dijo. "Dejame entrar. Están detrás de mí..."

La voz estaba más cerca ahora. "¿De verdad eres tú?".

La manija de la puerta se sacudió. "Sí", gruñó en voz baja. "Soy yo".

McElroy escuchó cosas revueltas en su interior, cajas y otros artículos arrojados desde la puerta. De repente, toda actividad se detuvo. El hombre del otro lado dijo una vez más, "¿Quién es de nuevo? No puedo descifrarlo por tu voz".

"Yo", repitió el capitán, su voz un poco más clara esta vez.

El hombre abrió un poco la puerta. Eso era todo lo que McElroy necesitaba. Llegó a Tom con todo el peso de su cuerpo, y lo más rápido posible. Derribó al joven al suelo, y luego mordió la pantorrilla de Tom.

Lucharon y lucharon violentamente, pero el joven no era rival para el gran capitán. En poco tiempo, lo inmovilizó, y se convirtió en su plato principal. Ya completamente sumiso, el capitán se lo comió, su pierna izquierda se sacudió y su ojo derecho se abría y cerraba.

El sonido de McElroy masticando el cuerpo de Tom invadió el gimnasio.

∞

Un gran equipo de policías de Belice vestía ropa de seguridad, y estaban lidiando con la destrucción y los escombros que una vez fueron el laboratorio del Dr. Jonathan Anson.

El oficial Baros Abana se mantuvo alejado de los restos con los agentes CDC Carl Morgan y David Umbridge. Una vez que los oficiales terminaron de hurgar, los agentes intervendrían y realizarían una inspección e investigación minuciosa de las instalaciones. Luego ordenarían la demolición total, o tendrían el lugar fuera de los límites, completamente evacuado. Solo el tiempo lo diría.

Abana se volvió hacia Carl Morgan. "Nunca había visto cosas así en mi vida, agente Morgan. ¿Qué pasó aquí?".

Morgan procedió a tratar de explicar la situación con el conocimiento limitado que tenía, pero todo sonaba como un montón de humo y espejos. No estaba interesado en crear excusas para algún bastardo enfermo que quiso jugar a ser Dios. Pensó en sus palabras cuidadosamente antes de responder. "Esto es lo que sucede cuando un loco intenta ejercer un poder que no es el suyo".

Los ojos de Abana buscaron en su rostro, luego asintió con la cabeza. "Sí, locos. Siempre hacen de las suyas, ¿no es así?".

Los tres comieron temprano mientras se instalaron enormes luces portátiles alrededor del sitio y la policía continuó con sus tareas. Todos estarían trabajando hasta bien entrada la noche, y probablemente hasta mañana también. Tanto Carl como David estaban más que listos para dejar atrás toda la experiencia. Solo podían esperar que su próxima investigación los ayudara a despejarse.

Cuando terminaron de comer y regresaron al sitio, se había establecido un toldo donde solía estar el edificio. El lugar estaba seguro y bien iluminado, Carl y David estaban más que ansiosos por inspeccionar y luego dejar atrás toda la situación.

Trabajaron casi hasta la medianoche y no encontraron nada sospechoso. Pudieron confirmar que los cuerpos de los otros tres individuos, a saber Bruce West, la mujer desconocida, y Keith Mitchell estaban en el edificio. Todos estuvieron de acuerdo en que el cuerpo que se revivió poco después de la explosión del edificio fue Kim Johnson. Pero la buena noticia era que ninguno de ellos estaba vivo. De hecho, los cuerpos estaban tan quemados que se desmoronaron en nada más que cenizas al menor contacto, junto con todas las ratas.

Regresaron a la estación de policía con el agente Abana, completaron declaraciones y firmaron montones de documentos oficiales, tanto para Belice como para los Estados Unidos. Luego llegó el momento de enfrentar a los medios y responder a una interminable lista de preguntas sobre la situación. Nada de lo que le dijeron a la prensa estaba relacionado con la realidad. Las autoridades y los funcionarios del gobierno habían determinado desde el principio que no se mencionarían zombis, monstruos ni cuerpos reanimados.

En su lugar, le dijeron a la prensa que habían llevado a cabo medidas para contener una poderosa cepa de viruela que había salido del laboratorio y se había propagado. Dijeron que, si bien cuatro personas habían muerto a causa de la enfermedad, ahora estaba bajo control, y nadie en Belice ni en ningún otro país tenía que preocuparse de que se extendiera.

Había sido erradicado con éxito.

Entonces todos se fueron por caminos separados. David Umbridge se quedaría unos días más para terminar con el gobierno local.

∞

Carl ahora estaba en el aeropuerto esperando abordar su vuelo. Revisó sus maletas, compró su billete y se reportó con los CDC por teléfono para avisarles que volvía a casa. Estaba más ansioso de lo que podía explicar por salir de Belice. No le quedaron ganas de volver a ese lugar. Después de lo que había visto, estaba listo para sacar provecho a los días que le quedaban de vacaciones y poner los pies en la arena en Hawaii o algo así.

"Todos los pasajeros del vuelo 573 a Washington, DC, su vuelo está listo para el embarque". Una pequeña azafata morena estaba de pie en un podio esperando para comprobar los boletos y acomodar a sus pasajeros. Carl se puso en línea, una sonrisa en su rostro.

Estados Unidos nunca se había visto tan bien.

R.W.K. Clark

CAPÍTULO 25

George Meade, Kevin Hines, Rick Harris y Katie Richards fueron los únicos seres humanos de carne y hueso en el viaje de Fantasy Cruise Lines desde Estados Unidos a Belice y viceversa.

Aún estaban apretados en el puente, y la puerta todavía estaba cerrada con seguridad. Incluso con un crujido en la puerta (o eso fue lo que George había pensado que era) aún resistía, pero no le atormentaba que, por alguna razón u otra, los zombis ya no parecían estar fuera de la puerta. No había nada más que silencio dentro y alrededor del puente.

Los cuatro durmieron profundamente durante un rato, luego George se despertó y comenzó a pasearse por la habitación. Miró los indicadores y supo de inmediato que atracarían en Houston al día siguiente; eran casi las dos de la mañana ahora. Estaba más que listo para salir de este barco, a pesar de no tener idea de cómo él o cualquier otra persona bajarían de manera segura.

Se dejó caer contra la pared cerca de la entrada. No podía llegar a la puerta debido a todas las cosas apiladas contra ella, pero pensó que estaba lo suficientemente cerca como para escuchar cualquier cosa que sucediera del otro lado. Contuvo la respiración y escuchó con fuerza.

Todo parecía estar en silencio. Creyó oír un fuerte gemido en un punto, pero podría haber sido el eco del viento a través de algo en el barco, no estaba seguro. Se quedó allí un buen rato escuchando algo, cualquier cosa que le indicara si alguien estaba mirando y esperando.

Pero el silencio sereno persistió.

De acuerdo, pensó George, obviamente no están ahí o han aprendido una increíble cantidad de autodisciplina. Esta última opción no la creía en absoluto. Sabía que esos monstruos aprendían primero a volar que a callarse. Por alguna razón u otra, habían abandonado el área del puente, al menos por el momento.

Miró a las otras tres personas atrapadas aquí con él. Katie, que dormía como un bebé en posición fetal en el suelo, había aceptado el horror de su situación. Se había tragado todo el miedo y el pánico que amenazaba con consumirla durante los últimos días. Estaba convencida de que todos iban a morir, y sabía que era solo cuestión de tiempo.

El oficial de cubierta y el contador eran otra historia. Ambos se habían convencido el uno al otro de que a la primera oportunidad, serían capaces de eliminar a toda la población de zombis de un solo golpe. Cuando George o Katie les pidieron detalles sobre sus planes, comenzaron a tartamudear y tropezar con sus palabras. Finalmente, comenzaron a hablar de sus fantasías solo entre ellos, como un par de niños que se hacen pasar por personajes de la última entrega de 'Star Wars'.

Todos sabían muy bien que nadie en este barco iba a poder hacer nada con respecto a los zombis. La mejor esperanza que tenían de escapar era permanecer ocultos y esperar evitar a los zombies todos juntos hasta que estuvieran en tierra, y aun así había una excelente posibilidad de que se convirtieran en la cena de esos horribles monstruos de todos modos.

Pensó en tomar las barricadas y salir del puente. Estaba considerando seriamente arriesgarse; después de todo, ¿qué era lo peor que podía pasar? Bueno, probablemente no llegaría a los tres metros y comenzarían a salir arrastrándose de la madera. Estaba seguro de que era más rápido que ellos, en la forma en que se movían y daban tumbos, pero había tantos que lo único que necesitarían sería rodearlo.

No. Era más seguro quedarse donde estaba.

El puente apestaba horriblemente a desperdicios humanos y a sudor. No habían comido ni bebido nada fresco en días, de hecho, habían estado bebiendo de una jarra de agua destilada que encontraron en la caja de emergencia, pero incluso eso casi había desaparecido.

George volvió a mirar la reja. No podía quedarse aquí esperando morir, porque eso era esencialmente lo que estaba haciendo.

Tiró de la silla y colocó el botiquín de primeros auxilios sobre ella. Luego se subió y usó su navaja para desenroscar los tornillos. Quitó la rejilla y la colocó en el asiento de la silla también. Entonces escuchó.

Podía escucharlos. Podía escuchar sus gritos y gemidos que entraban por los conductos de aire, haciendo un eco grotesco. Sí, estaban en todo el barco, se habían aburrido de jugar al gato y al ratón con los que estaban en el puente. Muy posiblemente, sabían que iban a ganar de todos modos.

George Meade ya tenía suficiente.

Con los brazos, se incorporó, en la boca de la parrilla. Regularmente hacía entrenamiento (antes de este horrible desastre) y estaba en buena forma. Tirar del conducto de aire fue fácil.

Una vez que se levantó, miró a su alrededor. La mayoría de los conductos estaban oscuros como brea, pero donde quiera que hubiera una reja, un poco de luz traspasaba. Eso era lo que tendría que usar para ayudarse a moverse en ellos.

Tendría que estar callado. Sabía que podía lograr esa hazaña, pero también sabía que esos animales tenían un agudo sentido del olfato, casi como perros hambrientos. Cómo deseaba saber dónde estaban congregados para poder evitar esas secciones del barco por completo.

George Meade comenzó a avanzar lento pero seguro. No iba a quedarse en el puente esperando morir como un ratón atrapado. Si iba a morir, iba a hacerlo con las botas puestas.

∞

Todos los zombies, a excepción del Capitán McElroy, estaban vagando sin rumbo. Se tambaleaban gimiendo, y se morían de hambre. Habían dejado el puente solo, tal como el capitán les había indicado, y fue fácil dejarlo cuando descubrieron al grupo de personas en el gimnasio, pero ahora todos volvieron a pensar en la carne fresca del puente. Todos estaban empezando lentamente a retroceder en esa dirección.

El capitán, por supuesto, estaba a la cabeza. Los tres mil estaban agrupados, enfocados en llegar a la puerta del puente. Su hambre los hacía aún más temperamentales, y estaban empezando a pelear entre ellos. Incluso estaban haciendo comidas de segunda mano de algunos de los que eran más débiles.

McElroy podría haberse preocupado menos. Ahora estaba concentrado en el puente, y estaba decidido a entrar y tener su banquete antes de recuperar el control del puente. Esta vez había traído un hacha de fuego con él, y dirigió las masas, balanceando el hacha en la puerta una y otra vez, hasta que finalmente comenzó a astillarse y separarse. Sí, estaría en el puente en muy poco tiempo.

CAPÍTULO 26

Katie, estaba teniendo una pesadilla.

Los monstruos venían al puente. Habían logrado abrirse camino a través de la puerta y la barricada, y en su sueño, estaba acurrucada en una esquina y los vio devorar a sus tres compañeros. Arrancaron carne y rompieron huesos, pero no importó. Sus compañeros volvían a la vida, más grandes y mejores que nunca.

En su sueño, Katie comenzó a gritar.

De repente, fue sacudida violentamente. Era Kevin Hines, quien intentaba despertarla.

"¡Kate, tienes que despertar! ¡Despierta ahora!". Ella lo miró, confundida, y trató de separar las piezas de la realidad de las imágenes que vio en su sueño.

Entonces oyó el ruido. Era el sonido de un hachazo, y se escuchaba uno tras otro tras otro.

¿Qué? ¿Qué es eso?", intentó alejarse de Kevin, pero estaba contra la pared.

Kevin la agarró del brazo y la puso de pie. "¡Son ellos! Están derribando la puerta con algún tipo de arma. Tenemos que entrar en la parrilla e intentar salir de aquí".

Levantó la vista hacia la reja para ver las piernas de Rick Harris colgando; él ya estaba a mitad de camino. Ella no discutió con Kevin. Esperó a que Rick entrara en el conducto, luego se subió a la silla y le dio las manos. Tiró y Kevin empujó, y juntos la subieron al conducto sin ningún problema.

Otro fuerte crujido salió de la puerta, y algunos de los artículos que usaron para hacer barricadas se volcaron desde la parte superior de la pila hasta el suelo. Kevin estaba petrificado.

"¡Ayúdame a levantarme, rápido!". Katie se hizo a un lado y Rick agarró los brazos de Kevin y comenzó a tirar.

Ahora los monstruos se lanzaban violentamente a la puerta. Cada vez que la golpeaban, más barricadas se caían. "Date prisa", Kevin estaba diciendo en voz de pánico, "¡Casi están aquí!"

Rick intentó empujarlo, pero el corpulento de Kevin era tan malditamente pesado. "Kevin, no puedo hacerlo. ¡Tienes que intentar subir más!"

Kevin soltó los brazos de Rick y se bajó de la silla. Miró alrededor de la habitación y sus ojos se posaron en el cubo que todos habían estado usando para hacer sus necesidades. Tendría que usar eso.

Conteniendo la respiración, se puso de pie a un lado de la silla y puso el cubo boca abajo. Las heces y la orina se derramaron en la silla y en todo el piso, pero ahora no era el momento de ponerse aprensivo. Pisó algún resto de excremento mientras se subía al cubo, pero no le importó. Los zombis entraron por la puerta y se abrieron paso violentamente entre los objetos de la barricada.

Kevin comenzaba a entrar en pánico ahora. Rick lo tomó de los brazos una vez más, tirando tan fuerte como pudo. Los pies de Kevin ya no tocaban el cubo. En cambio, sus piernas colgaban mientras trataba de levantarse.

Sus gruñidos y gemidos eran muy fuertes. Estaban haciendo su camino hacia el puente, y un par de ellos estaban de pie a los pies de Kevin, con los brazos en el aire, agarrándose a sus piernas colgantes. Sintió que se le caían los pantalones cuando uno de ellos lo agarró firmemente de las piernas y comenzó a tirar de él hacia abajo.

"Me tienen, Rick", jadeó, con los ojos abiertos por el miedo y la realidad de la situación. "¡Ayúdame!"

"Eso intento Kevin. Tienes que subir, tienes que ayudarme más".

Katie apareció junto a Rick, las lágrimas corrían por su rostro. Ella agarró el brazo de Kevin y comenzó a ayudar a Rick a tirar. Pudieron meterlo en el conducto hasta el pecho.

"Te tenemos", dijo Rick, esforzándose por llevarlo más lejos, pero de repente fue sacudido hacia atrás. Sus ojos se llenaron de terror y dolor.

"Me tienen", dijo con voz temblorosa. "¡Duele!"

Rick comenzó a casi hiperventilar. "¡Intenta subir Kevin, vamos, sube!"

Pero Kevin había dejado de tirar. Tan pronto como Rick y Katie se dieron cuenta de que la vida había abandonado sus ojos, soltaron sus brazos. Cayó y desapareció en una fracción de segundo. Rick se volvió hacia Katie y dijo con voz severa: "Tenemos que movernos ahora. Tenemos que salir de aquí. ¡Quédate cerca de mí y vámonos!"

Con eso, los dos comenzaron a arrastrarse sin rumbo por los conductos de aire, pero Rick sabía que era inútil. Tan pronto como los monstruos terminaran con Kevin, se meterían en el conducto, y luego él, Katie y George Meade (si aún vivía) estarían muertos.

Despejaron sus mentes y comenzaron a arrastrarse como locos por los conductos.

∞

El Capitán McElroy estaba en el puente parado en el panel de control y mirando la ruta en la que estaban. Todo se veía bien, y todo marchaba correctamente con el plan de atracar en Houston. Los tontos ni siquiera habían considerado cambiar el rumbo. Si lo hubieran hecho, habría obstaculizado un poco los planes del capitán. Él conocía el camino alrededor de Houston; mientras que cualquier otro lugar habría generado confusión en su mente en descomposición.

Miró hacia arriba justo cuando los zombis sacaban a Kevin Hines del conducto para siempre. Él sonrió y un diente cayó de sus encías. Era hora de comer algo fresco. Los otros ya estaban sobre el tipo, y el capitán tuvo que echar a algunos de sus secuaces para acercarse a comer. Sin embargo, no tuvieron mucho tiempo para degustar. Kevin comenzó a revivir casi de inmediato.

Estaban reduciéndose las cosas ahora.

Mientras el cuerpo de Kevin luchaba por adaptarse a estar muerto, el capitán miró hacia el conducto de aire y la abertura que conducía a él. ¿Cuántos habían logrado atravesar allí antes de llegar al puente? Uno, según lo que había visto, o había algo más en ese túnel a través de los conductos, haciendo un esfuerzo inútil por salvar sus vidas.

Caminó hacia la silla que estaba colocada estratégicamente debajo de la abertura. No le prestó atención a las heces que lo cubrían mientras se subía a la silla y al cubo. Una vez que estaba levantado, luchaba por mantener el equilibrio y se agarraba a la abertura. Miró por el conducto.

El Capitán McElroy no podía ver a nadie, pero podía oírlos, y sin duda podía olerlos. Sí, tres aromas diferentes provenían de la parrilla. Tres seres vivientes habían escapado por aquí, cada uno con vida, y cada uno fresco para la cosecha.

Intentó meterse en el ducto, pero la falta de control sobre su propio cuerpo no le permitió hacerlo. Se cayó de la silla, aterrizando de espaldas sobre un grupo de zombis que estaban debajo de él.

"¡Ayúdenme, vagos inútiles!", les gruñó, y ellos obedecieron de inmediato. El capitán volvió a treparse sobre el cubo y tiró del conducto con los brazos mientras los zombis le empujaban las piernas y la parte trasera.

En menos de un minuto, estaba dentro del conducto de aire.

Había tres divisiones. Miró en cada dirección, y luego dio un gran olfateo a cada túnel. Uno de ellos había seguido derecho, mientras que los otros dos habían tomado el túnel a la derecha.

El capitán siempre había dicho que dos eran mejores que uno. Giró a la derecha y comenzó a arrastrarse hacia su próxima comida.

CAPÍTULO 27

Katie y Rick se arrastraban sin rumbo por los conductos; ninguno de ellos tenía idea de hacia dónde se dirigían. Todo lo que sabían era que todavía estaban vivos, y querían seguir así. Eso significaba que tenían que seguir adelante.

Se detenían y miraban a través de cada rejilla que habían encontrado, pero no se veían zombis. "¿Dónde crees que están?", Katie preguntó.

"Están en el puente", respondió Rick. "Pronto se meterán en el conducto y empezarán a buscarnos. Sabrán que llegamos aquí".

Katie soltó un gemido, entonces Rick tomó su mano y tiró de ella, haciéndole saber que tenía que seguir moviéndose. "Habrá mucho tiempo para llorar cuando salgamos de este desastre. Enfócate por ahora, llore más tarde".

Se secó los ojos con el dorso de la mano y siguió gateando. Tenía que ser valiente, pero sabía que su coraje estaba listo para desmoronarse en cualquier momento. Era tan difícil mantener los ojos y oídos bien abiertos mientras intentabas ganar terreno.

Giraron a la derecha, a la izquierda, a la izquierda y luego a la derecha. Katie había perdido todo sentido de la orientación en el primer giro, y aunque Rick era mejor en eso, también se sentía extrañamente perdido y fuera de contacto con su entorno. Hizo un punto para detenerse y mirar a través de cada rejilla en un esfuerzo por saber dónde estaban exactamente. Por lo que pudo ver, estaban en el extremo opuesto del barco donde se encontraban los botes salvavidas, los cuales eran su única esperanza.

Se detuvieron por un momento y descansaron. Katie se volvió hacia Rick, con los ojos ensombrecidos y confundidos. "¿Qué crees que le pasó a George?".

Rick miró a Katie a los ojos. Parecía una niña pequeña que se perdió en el centro comercial y no podía encontrar a su madre. La chica era atractiva, con un suave cabello rubio y ojos azules. En cualquier otra situación, se habría tomado la molestia de invitarla a salir, pero después de verse los unos a los otros defecar en un cubo por días, bueno, de alguna manera cambiaban las cosas.

"No lo sé, Kate", respondió simplemente. "Se había ido cuando desperté. Sé que entró en los conductos de aire porque la rejilla estaba destapada".

"Nos seguirán, ya sabes", dijo. "Ya nos están siguiendo".

Rick asintió inútilmente en la oscuridad. "Lo sé. Lo sé"

Después de un momento, tiró de su brazo. "¿Estás lista para salir de nuevo?".

"Tan lista como puedo estar", respondió ella.

Se pusieron de nuevo en marcha ayudándose con las manos y las rodillas, y se arrastraron hasta que llegaron a un cruce en forma de 'y'. Rick se volvió hacia Katie y sonrió. "¿Izquierda o derecha?".

Ella le devolvió una sonrisa débil. "Tin, marín, de dos pingües", dijo.

Rick se rió entre dientes. Al menos estaba de muy buen humor.

De repente, oyeron un ruido de la dirección de dónde venían. No era solo un ruido, era el sonido de algo arrastrándose. Katie se cubrió la boca con las manos y miró a Rick con miedo. Él puso un dedo sobre sus labios para hacerle saber que se mantuviera en silencio. Escucharon atentamente.

Alguien tarareaba la melodía de una macabra canción. Era aterrador. Rick haló la mano de Katie. "Tenemos que movernos ahora, rápido cariño", le dijo.

Comenzaron a gatear como locos, sin importarles si hacían ruido o no. Sabían tan bien como los zombis que probablemente eran los únicos seres vivos que quedaban en el barco. Los monstruos sabían que estaban aquí, y uno de ellos estaba casi pisándoles los talones. Rick estaba dispuesto a apostar que era el capitán.

Se dirigieron a la derecha en la 'Y', luego giraron a la derecha, luego a la izquierda. La siguiente reja a la que llegaron estaba justamente sobre la cubierta junto a la piscina. Rick se volvió hacia Katie. "Retrocede un poco. Voy a darle una patada a la rejilla".

Katie hizo lo que le dijo, y Rick se puso de espalda. Usando ambos pies pateó con fuerza la rejilla, pero solo hizo una abolladura. Sin embargo, no le prestó atención a su fracaso. Simplemente siguio dando patadas.

Después de la cuarta patada, los tornillos y la rejilla se desprendieron de la pared y cayeron a la cubierta produciendo un fuerte sonido. Se giró y miró a su compañera. "Encontraremos monstruos aquí abajo, pero si nos quedamos aquí moriremos seguro. El capitán está detrás de nosotros".

Katie solo asintió. Realmente ya nada le importaba. Ella sabía muy bien que no iban a salir vivos de este desastre.

Rick se dejó caer a la cubierta desde el conducto, cayendo sobre sus pies. Miró a Katie y levantó sus brazos. "Salta, Kate. Te atraparé, lo prometo. No tengas miedo".

Ella colgó sus piernas por la abertura y dijo: "No tengo miedo. ¿Estás listo?".

De repente, una voz húmeda y áspera vino de detrás de ella. "Estoy más que listo".

Se giró para ver al capitán sentado tranquilamente detrás de ella. La piel de su mejilla derecha se estaba desprendiendo y le temblaba parcialmente la mandíbula. Podía ver el hueco oscuro alrededor de su ojo, y su aliento apestaba a putrefacción.

Katie gritó, y lo último que Rick vio fue su pequeño cuerpo siendo empujado violentamente hacia el conducto.

"¡Kate!", gritó, pero todo lo que recibió fue el sonido del mascar y rasgar. Rick salió corriendo por la cubierta.

No tenía tiempo para preocuparse. Tenía que hacer su camino de regreso al otro lado del barco. Tenía que hacer su camino a los botes salvavidas.

R.W.K. Clark

CAPÍTULO 28

George Meade estaba escondido en un espacio debajo de la cubierta. Había estado allí durante las últimas horas, y sus extremidades estaban completamente dormidas. Estaba a solo un par de cientos de metros de los botes salvavidas, justo cuando los había detectado, fue confrontado por varios monstruos hambrientos. Había llegado hasta allí y se había escondido en el espacio que usaba el mantenimiento.

Ni más, ni menos.

Estaba preparándose para huir. Todo lo que tenía que hacer era recorrer un poco más de trescientos metros, solo un salto, un salto básicamente estaría en casa, libre. Escuchó atentamente si algún sonido provenía de la cubierta de arriba, pero no escuchó nada.

George levantó el panel sobre su cabeza muy lentamente. Lo levantó apenas media pulgada, y dejó que sus ojos recorrieran el área lo mejor que pudo. Por lo poco que podía ver, no había nadie en la cubierta. Levantó el panel aún más.

Fue capaz de asomar la cabeza un poco. Hizo un giro completo, y cuando estuvo seguro de que nadie lo estaba observando, retiró el panel y salió del espacio de rastreo. Miró a su alrededor, su corazón latía violentamente. Había llegado su oportunidad de escapar.

Se fue corriendo en dirección a los botes salvavidas. Todo el tiempo que corrió, miró a su alrededor, pero ninguno de los monstruos se veía o escuchaba. ¿Dónde estaban todos? se preguntó. No tenía idea de cuántos humanos de verdad quedaban abordo, tratando de salvar sus vidas, pero sabía que había dejado a tres de ellos en el puente durmiendo. ¿El capitán y el resto de los zombis habían regresado para comer? Su estómago se revolvió ante la idea.

George corrió por un estrecho corredor que en algún momento condujo a las camarotes de pasajeros. También estaba vacío. Al final, giró bruscamente a la izquierda, luego a la derecha, y se encontró en la cubierta del bote salvavidas. Se inclinó y puso sus manos sobre sus rodillas, su respiración era irregular. Tenía que recuperar el aliento.

Después de un momento, se puso de pie y se dirigió a la barandilla. Allí en el otro lado había un bote salvavidas asegurado, y esperando que él lo liberara para que pudiera llevarlo a un lugar seguro. Trepó la barandilla y se dejó caer primero en los pies del buque. Finalmente estaba en el bote.

Buscó en su bolsillo y sacó su navaja. Una vez que la abrió, comenzó a cortar las cuerdas que aseguraban el bote salvavidas. Su corazón latía con tanta fuerza que podría haber jurado que cualquiera a unos cien pies de distancia podía oírlo, entonces trató de calmarse.

Casi había pasado la cuerda final cuando levantó la vista. Allí estaban dos zombis medio podridos. Estaban inclinados sobre la barandilla, balanceando sus brazos y manos en un intento de alcanzarlo, pero afortunadamente él estaba fuera de su alcance.

"¡Oh diablos!". Comenzó a ver febrilmente en la cuerda. Uno de los zombies estaba tratando de escalar la barandilla. Estaba intentando cruzar con una pierna y luchando para meter también la segunda. El otro zombie estaba gruñendo y golpeando sus labios.

De repente, la cuerda final cedió, y con una fuerte sacudida, el bote salvavidas se liberó de su posición. Sentía que el estómago se le había subido a la garganta cuando el bote se soltó finalmente y rebotó con rudeza cuando golpeó el agua.

Estaba libre. Él estaba en el agua.

"¡Ja!", gritó a todo pulmón. Rompió en una risa histérica y observó a las bestias en el barco mientras giraban sus brazos y gemían una y otra vez. "¡Sí, me largo de aquí!"

George agarró los remos que estaban unidos a las paredes internas del bote salvavidas. Sabía la dirección en la que debía ir, y partió con vigor. Tenía la intención de llegar a tierra antes que ellos, así podría advertir a las autoridades, para de una vez por todas poner fin a esta locura, esta pesadilla horrible.

Continuó remando, y la distancia entre el bote salvavidas y el crucero se hizo cada vez más grande. Pronto ya no pudo escuchar sus gruñidos, o el caos de aquellos en el bote en busca de su próxima víctima. George Meade estaba a salvo, y se dirigía a Houston.

CAPÍTULO 29

Rick Harris era oficialmente el único ser humano vivo que quedaba en el Crucero Fantasía.

Estaba en cuclillas en un armario de mantenimiento vacío, rociando ambientador de una lata cada cinco minutos para cubrir su propio olor. No se sentía muy positivo acerca de sus posibilidades de sobrevivir. Algo le decía que este iba a ser su último crucero.

Su mente estaba vagando, y estaba perdiendo la voluntad de luchar. Trató de escuchar los sonidos de los monstruos, pero ahora comenzaban a sonar como todo lo demás; estaban empezando a sonar "normales". Incluso Rick sabía lo que eso significaba. Significaba que estaba en su última etapa, que se estaba quedando sin ímpetu.

A pesar de eso, estaba consciente de que no podía simplemente esconderse aquí; lo iban a encontrar, con ambientador o no. De vez en cuando, creía oír a uno o más de ellos arrastrando los pies al pasar por la puerta del armario. Descubrió que se sentía cada vez más tentado de abrir la puerta del armario y decir '¡Aquí estoy!'. Ni siquiera podía reforzar su coraje lo suficientemente como para hacer eso.

Sacó su navaja de bolsillo de sus pantalones y la miró en la luz tenue que salía por la pequeña rendija del techo del armario. Tenía tres cuchillas diferentes, un destornillador y un par de tijeras. Era una Swiss Army original que su padre le había obsequiado de niño.

Ahora era todo lo que tenía mientras se encontraba entre la vida y la muerte. Eso y el armario. Abrió la hoja más grande y dejó que la tenue luz rebotara en la hoja plateada. Lo hizo sonreír.

Cambió su peso y ajustó su posición. Sus piernas se estaban quedando dormidas por estar en cuclillas. Iba a tener que actuar rápido.

Rick Harris había decidido salir de ese armario. Básicamente iba a luchar contra ellos hasta la muerte, a pesar de que sabía que la muerte era segura. Preferiría rendirse en sus propios términos que hacer que lo capturen contra su voluntad. Era la única forma en la que podía sentir que era él quien manejaba cualquier apariencia de control.

Su mente se remontó a cuando fue contratado por la línea de cruceros. Se había emocionado tanto. La paga era excepcional, los beneficios incomparables, y se le garantizó una fiesta básicamente todas las noches de su vida. Era el trabajo soñado de un joven veinteañero.

¡Qué ingenuo había sido! Nada en la vida venía sin ataduras. Había sido ciego y codicioso. Había sido francamente estúpido.

Se puso de pie y sacudió las piernas una a una, haciendo que el flujo de sangre volviera a ellas. Cuando el hormigueo desapareció, consideró su siguiente movimiento. La próxima vez que oyera a una de esas criaturas fuera de la puerta, la cargaría y pasaría su cuchillo por su globo ocular. Luego iba a luchar contra ellos con todo lo que tenía hasta que su vida terminara, y estaba seguro de que terminaría.

Pero al menos terminaría luchando.

Presionó su oreja contra la puerta del armario de mantenimiento y escuchó. Nada. Eligió ser paciente y continuó escuchando. Quería que más de uno estuviera allí afuera. Deseaba que todo esto terminara rápido. Tomaría a dos o tres de ellos para acelerarlo.

Fue entonces cuando lo escuchó: los gruñidos y gemidos que solo los monstruos hacían. Escuchó más de cerca hasta estar seguro. Sí, había varios cerca del armario. Era hora de armarse de valor y enfrentar los hechos.

Rick Harris sujetó bien su navaja de bolsillo y abrió la puerta del armario de mantenimiento con todas sus fuerzas. Salió volando del armario gritando como

Rambo y balanceando la navaja por todos lados. Al principio, el zombi solo lo miró, confundido e intentando descubrir qué estaba pasando realmente.

Pero no pasó mucho tiempo antes de que lo poco que les quedaba de mente, procesaran lo ocurrido, y comenzaron a tambalearse hacia él. Continuó balanceándose, gritando a todo pulmón. "¡Vengan y atrápenme! ¡Vengan y tengan un pedazo de carne!"

Empezó a dar fuertes patadas y se movía como un maestro de Karate, aunque no sabía nada del arte. Solo fue capaz de hacer esta tontería por un breve momento, luego dos de ellos estaban sobre él. Él los atacó y los apuñaló, pero fue en vano. Ya estaban muertos, y él lo sabía muy bien.

Lo tiraron al suelo y luchó contra ellos mientras se arrodillaban junto a él y comenzaban a disfrutar de su próxima comida. Él observó la mordedura y la piel rasgada, pero no sintió dolor. En cuestión de segundos, comenzó a reír histéricamente.

"Sí, ahí lo tienen", gritó. "Todo esto es para ustedes".

En ese momento, uno de ellos le arrancó la yugular con los dientes, y Rick Harris se desangró en menos de un minuto y medio. La escena ante sus ojos se desvaneció, y los sonidos que una vez había escuchado se hicieron silenciosos.

Ahora finalmente podía dejar todo esto atrás.

El Capitán McElroy estaba en la cubierta. Todos los zombis en el barco, que suman más de tres mil, se reunieron, y él los miraba con claridad.

"Atracaremos en solo unas pocas horas, y luego seremos libres. Prepárense", les dijo a todos, "Porque empieza la verdadera batalla".

Respondieron con gemidos que debían ser señales de aprobación. No había más carne en el barco. Era hora de que volviera al puente y llevara este gran bote a casa. Iba a ser un poco complicado, ya que había destruido la radio desde el principio, pero sabía que podría obtener la aprobación para atracar.

Pronto él y el resto de ellos podrían extender sus alas en tierra seca.

R.W.K. Clark

CAPÍTULO 30

George Meade estaba sentado en el bote salvavidas, chapoteando y mirando por encima del hombro. Habían pasado más de dos horas y podía ver el barco detrás de él, pero apenas. Definitivamente estaba avanzando, pero él llevaba la delantera.

Podía ver la concurrida bahía adelante, y aunque no estaba lo suficientemente cerca como para distinguir a la gente que se arremolinaba, podía escuchar los ecos de las personas divirtiéndose en un día soleado. El sonido de ellos gritándose el uno al otro, ocasionalmente con fuertes carcajadas y cosas por el estilo. Con cada segundo que pasaba, se acercaba más y más, y eso lo motivaba a remar con más y más fuerza.

Estaba agotado, deshidratado y en pánico. Su mente se volvió hacia Rick, Kevin y Katie. Se preguntó qué pasaría con ellos. ¿Seguirían deteniendo a los monstruos? ¿Todavía estaban encerrados en el puente? Pensó que no. Si le tocara apostar, pondría su dinero en que estaban muertos. Incluso no sabía cómo es que él no estaba muerto. No sabía cómo logró escapar, y una parte de él aún no estaba convencida de que fuera cierto. Quizás este bote salvavidas era un sueño. Quizás el sonido del agua chapoteando contra los costados del bote era parte de ese sueño. Tal vez todavía estaba sentado en la silla del capitán debajo del conducto de aire respirando el hedor del excremento. Tal vez en cualquier momento se despertara y descubriera que ya se había convertido en uno de... ellos.

Se estaba acercando aún más. Podía ver a los trabajadores portuarios en Galveston Island dando vueltas, ocupándose de sus deberes. No estaban esperando a este barco. Era para atracar en la Terminal de Cruceros en el continente, en lo profundo de la bahía de Trinidad, con un muelle mucho más grande. La radio estaba rota y no podían haberse comunicado con los que estaban en tierra. Necesitaba atracar y contarle a todos lo que estaba pasando. Necesitaba prepararlos y advertirles.

Estaba tan cerca que ahora podía distinguir las palabras que estaban diciendo. Solo estaba a unos treinta metros y todavía remaba furiosamente. "¡Ayuda!". Gritó a todo pulmón. "¡Ayuda! ¡Ayuda ¡Ayuda!"

Un hombre flaco y viejo que cuidaba cuerdas lo notó primero. "Sí", gritó hacia el bote. "¡Tráelo hasta aquí!"

George remaba aún más fuerte, y cuando el bote se acercó a un muelle más pequeño, el hombre llegó al borde y se encontró con él. George se levantó y arrojó una de las cuerdas tan fuerte como pudo, y el hombre la atrapó fácilmente. Empezó a tirar del bote salvavidas al muelle con la mano sobre el puño.

Fue entonces cuando vio bien a George. El hombre estaba sucio y su ropa estaba manchada y rasgada. Sus labios estaban agrietados y su boca seca, parecía estar confundido, débil y mareado. Parecía llevar un uniforme, pero estaba tan destrozado que el hombre no podía distinguir quién era. Por lo que aparentaba, el tipo podría ser militar. ¿Qué estaba haciendo solo en medio del océano?

Tomó a George de la mano y lo ayudó a salir del bote y poner sus pies firmemente en el muelle. "¿Qué ha ocurrido? Te ves como si hubieras pasado por algo terrible".

George estaba jadeando con fuerza. Estaba cubierto de sudor y olía fatal. Miró al hombre y sonrió. Apuntando al barco hacia el mar, le dijo: "¿Observas eso? Vienen para acá, tenemos que decirle a alguien. ¡No podemos dejarlos atracar! ¡Hay que destruirlos antes de que lleguen aquí!"

Con eso, sus ojos se movieron hacia atrás y se desmayó.

La mano del muelle lo atrapó torpemente antes de tocar el suelo. "¡Hey, necesito ayuda aquí!". Un par de otras manos del muelle se precipitaron hacia él.

"¿Que está pasando?", preguntó uno cuando lo alcanzaron.

El hombre sacudió su cabeza. "No lo sé, pero está tratando de decirme algo sobre ese barco. Dijo que tenemos que destruirlo. Está delirando, creo".

Un tercer hombre llamó a los médicos y pronto estuvieron allí. Lo estaban asegurando sobre una camilla para ponerlo en la ambulancia cuando de repente se recuperó.

"¿Qué?... ¿Qué estás haciendo?", preguntó. Sus ojos estaban distantes, como si no supiera dónde estaba.

"Vamos a llevarle al hospital, hombre", dijo el primer EMT. "Necesita atención médica. Está deshidratado, su corazón palpita muy fuerte y tiene una gran insolación. Debe calmarse, señor, o sufrirá un paro cardíaco"

George se sentó derecho, sus ojos salvajes. "¡No! ¡Tienes que decirles! Están todos muertos. ¡No los dejes atracar! ¡No los dejes atracar!"

Un EMT miró al otro, luego destapó una jeringa llena de tranquilizante. "Ya está, amigo", dijo, introduciendo la aguja en su vena. "Esto lo hará todo mejor".

Los ojos de George se cerraron y su cabeza golpeó la almohada una vez más, ya no le preocupaba en absoluto la muerte y la destrucción que planeaban atracar en Houston hoy.

R.W.K. Clark

CAPÍTULO 31

El gobierno local en Belice estaba celebrando una reunión oficial con un miembro del CDC estadounidense y un oficial de policía estatal. Habían aprobado la destrucción de un laboratorio en el centro, en base a la información que se les había entregado. Según la mayoría de los CDC, el edificio estaba lleno de cosas muertas que no... morirían del todo.

Todos ellos se sentaron en la oficina del gobernador, y le relataron la historia, en gran detalle, de lo que habían estado tratando. La muerte y la destrucción habían sido desatadas, pero los hombres sentados frente a él estaban convencidos de que habían rectificado la situación y tenían todo bajo control.

"Entonces dígame", comenzó el Gobernador Rodríguez, "Todo sobre la situación, y no se olvide de informarme cómo es que algo tan insólito llegó a suceder". Nunca había escuchado historias tan descabelladas en su vida, y si no hubiera obtenido la información de personas profesionales y de confianza, nunca hubiera creído ni una palabra de eso.

David Umbridge habló primero. "Bien, señor, recibimos un informe en la sede en Washington, DC por correo electrónico. Fue de un asistente de laboratorio aquí en Belice con el nombre de Bruce West. Fue asistente de un biólogo llamado Dr. Jonathan Anson. Por cierto, el Dr. Anson falleció ayer".

"Parece que descubrió cómo 'engañar a la muerte', a falta de un término mejor".

Rodríguez abrió los ojos exaltado. "¿Engañar a la muerte? ¿Qué quieres decir?".

"Creó una sustancia que, cuando se introdujo en los roedores de laboratorio, los devolvió a la vida después de haber muerto, sin importar en qué condición estaba el cuerpo". Mientras el cuerpo fuera funcional, incluso mínimamente, este revivía".

Rodríguez escuchó en silencio a los hombres, tratando desesperadamente de poner una imagen en su mente de cómo todo esto podría haber tenido lugar. Parecía una historia barata de ficción, como algo que uno vería solo en una película, pero nunca en la vida real.

David continuó. "El médico nunca descubrió una forma de contrarrestar sus hallazgos una vez que se pusieron en marcha. Al menos, si lo hizo, nunca lo documentó".

David continuó. "Cuando pudimos llegar aquí, todo el laboratorio estaba lleno de animales muertos, y todos se estaban comiendo unos a otros, y luego volvían a la vida. Habían matado a la secretaria, e incluso al propio asistente. Antes de que terminara, perdimos dos agentes ante los monstruos".

Rodríguez miró al Oficial Abana, la incredulidad cubriendo toda su cara. Abana simplemente asintió. Sí, todo lo que estos hombres le decían al gobernador era verdad. Todo lo que pudo hacer fue validar la información. Él todavía estaba en estado de shock.

"La única forma que se nos ocurrió para tener la situación bajo control era volar las instalaciones y prenderle fuego a todo en el sitio", dijo Umbridge. "Señor, incluso tuvimos que luchar con uno que intentó perseguirnos después de la explosión".

"Nunca he visto algo así", dijo Abana en voz baja. Rodríguez notó que el policía estaba temblando.

Una secretaria entró a la oficina con una pequeña pila de papeles. "Necesitaré que todos firmen esto", dijo Rodríguez. "Son acuerdos de confidencialidad. No quiero que el público escuche o sepa nada de esto. Se desataría un pánico que sería difícil de controlar".

Los hombres estuvieron de acuerdo, y todos ellos voluntariamente firmaron.

Cuando Umbridge salió de la oficina del gobernador, sintió alivio por primera vez. Se había terminado.

R.W.K. Clark

EPÍLOGO

Pero la verdad es que acababa de comenzar.

El crucero Fantasy estaba a plena vista, y solo un par de horas detrás de George Meade, que estaba sedado en la unidad de cuidados intensivos del Hospital General de Houston. No hubo una llamada de radio, ni preaviso. De hecho, la gente había estado diciendo desde hace días que este barco se perdió en el mar. Incluso habían enviado grupos de búsqueda justo esta mañana, pero ahora el barco estaba aquí y les devolvieron el llamado.

La mano del muelle, a la que la gente llamaba "Teddy", arrojaba cuerdas y despejaba el camino, gritando a los demás para que los preparativos fueran más fáciles. Cuando el bote se acercó, su bocina sonó fuertemente, casi de forma ensordecedora. Teddy lo miró, y en algún lugar en el fondo de su mente se dio cuenta de que todos estaban parados en la barandilla con aspecto estoico y sombrío. Su estómago dio un vuelco; tenía una sensación extraña y graciosa.

No estaba más que asentado en su lugar, los equipos de emergencia se apresuraban, cuando de repente se abrió la puerta principal y los pasajeros comenzaron a desembarcar con furia. No esperaron alguna señal que indicara 'bien' o 'claro'. Empezaron a salir del barco sin rima ni razón. La mitad de ellos estaban tambaleándose.

Algo estaba mal.

Teddy mantuvo sus ojos fijos en la gente cuando llegaron al muelle y comenzaron a desplegarse, la gente iba de un lado a otro. Parecían estar gimiendo ruidosamente, y para ser sincero, todos y cada uno de ellos parecían terriblemente enfermos o... muertos.

Entonces vio al capitán, o al menos a alguien que vestía el uniforme de un capitán. Apenas podía caminar en línea recta, y se dirigía hacia Teddy.

"Señor", le gritó Teddy. "¿Se encuentra bien? ¿Y sus pasajeros?".

Luego comenzó a escuchar gritos y más gritos de ayuda. Miró alrededor erráticamente, tratando de ver de dónde venía, y justo cuando el capitán se acercaba, Teddy se dio cuenta de que venía de todas partes. Todos estaban gritando.

"Señor", comenzó una vez más cuando el capitán lo alcanzó. Tenía el brazo estirado, como si quisiera estrechar la mano de Teddy. Teddy lo alcanzó, pero tan pronto como estrecharon las manos, el capitán tiró violentamente hacia él y hundió los pocos dientes que le quedaban en el cuello.

Esta vez, cuando Teddy escuchó un grito pidiendo ayuda, salía de su propia voz...

PETICIÓN

Mi creatividad se nutre de lectores como usted. Si ha disfrutado de esta novela, le ruego que escriba una reseña, y comparta su experiencia. Háblele a un amigo o a un ser querido de este libro. A cambio, le ofrezco un gran agradecimiento desde el fondo de mi corazón.

Humildemente y con gratitud,

RWK Clark

ADICIONALMENTE

Obras de RWK Clark

En español

Pluma de Sangre El Despertar
ISBN-10: 1948312999 ISBN-13: 978-1948312998

Guardián Del Hermano
ISBN-10: 1948312913 ISBN-13: 978-1948312912

Muerte en el Agua
ISBN 10: 1948312506 ISBN 13: 978-1948312509

El Carnicero de la Taquilla
ISBN-10: 1948312514 ISBN-13: 978-1948312516

Invadidos Estados Cautivos
ISBN-10: 1948312069 ISBN-13: 978-1948312066

En inglés

Passing Through
ISBN-10: 1948312018 ISBN-13: 978-1948312011

Requiem for the Caged
ISBN-10: 1948312026 ISBN-13: 978-1948312028

Zombie Diaries Homecoming Junior Year
ISBN-10: 0997876778 ISBN-13: 978-0997876772

Zombie Diaries Winter Formal Junior Year
ISBN-10: 0997876786 ISBN-13: 978-0997876789

Zombie Diaries Prom Junior Year
ISBN-10: 0997876794 ISBN-13: 978-0997876796

Out to Sea: Festival of Hues
ISBN-10: 099787676X ISBN-13: 978-0997876765

Box Office Butcher: Smash Hit
ISBN-10: 0997876751 ISBN-13: 978-0997876758

Stolen Blood: Dawn of a New Era
ISBN-10: 0997876743 ISBN-13: 978-0997876741

Permanent Ink: Deadwalkers
ISBN-10: 0997876735 ISBN-13: 978-0997876734

Passage of Time: Search for the Fountain of Youth
ISBN-10: 0997876727 ISBN-13: 978-0997876727

Shattered Dreams The Man in Blue
ISBN-10: 0997876719 ISBN-13: 978-0997876710

Dead on the Water Abandon Ship (Zombie Cruise)
ISBN-10: 0997876700 ISBN-13: 978-0997876703

Brother's Keeper A Novel of Murder and Deception
ISBN-10: 0692744746 ISBN-13: 978-0692744741

Blood Feather Awakens The Timebound Rebirth
ISBN-10: 0692734082 ISBN-13: 978-0692734087

Lucifer's Angel The Church of Satan
ISBN-10: 0692733280 ISBN-13: 978-0692733288

In The Depths (DeSai Trilogy Book 1)
ISBN-10: 0692721932 ISBN-13: 978-0692721933

Witches Immortal (DeSai Trilogy Book 2)
ISBN-10: 0692722165 ISBN-13: 978-0692722169

Lucien's Reign (DeSai Trilogy Book 3)
ISBN-10: 069272219X ISBN-13: 978-0692722190

Living Legacy Among the Dead
ISBN-10: 0692517243 ISBN-13: 978-0692517246

Overtaken Captive States
ISBN-10: 0692489312 ISBN-13: 978-0692489314

ACERCA DEL AUTOR

Soy padre de dos hermosos niños, Jon y Kim. Son mi fuerza motivadora, mi faro en este vasto océano. Son el aire que respiro en esta vida; ellos son el oasis en este desierto de incertidumbre. Son mi mayor alegría en la vida, y mi prioridad número uno. Tengo una larga lista de aficiones, que atribujo a mis ganas de vivir. Me gusta rodearme de personas positivas que comparten los mismos intereses. Los valores de la familia, las artes, el aire libre, la naturaleza, y los viajes son prioridades en mi lista. Me gusta asistir a eventos culturales y artísticos porque creo que la autoexpresión dramática es la ventana al alma. Llevo mi corazón en la manga, todavía creo en la caballerosidad, y siempre trato a la gente como desearía que me tratasen a mí.

www.rwkclark.com